大旗出版
BANNER PUBLISHING

大旗出版
BANNER PUBLISHING

國家寶藏

壹

天國謎墓

國家寶藏 壹 天國謎墓

目錄

引子

深夜，陝西咸陽市南位鄉西郊荒山。淒冷的月光下，山岡上一片安寧，除了村口方向偶有幾聲狗叫傳來之外，並無其他聲音。

而此時，在這個荒寂的土坡上，卻不時傳來鐵鍬撅土的聲音，一個土坡被人開了個兩尺來寬的地洞，一鍬鍬的黃土從洞口飛出，在土坡邊形成了個小土堆。

又過了一會兒，忽然從洞裡飛出一個麻袋包來，不大工夫又吭哧吭哧地伸出兩隻手和一個腦袋，一個中年壯漢從洞裡費勁地爬了出來。為了省力氣，這洞口只開了兩尺多寬，僅可供一個成年人勉強爬進爬出，這中年壯漢好容易才鑽出來，他一屁股坐在地上，累得呼呼直喘，歇了一會兒又抽了根煙，才慢慢平靜下來。

他拽過身邊的麻袋包打開，把裡面的東西依次往外拿。朦朧的月色下，見是兩片殘缺的瓦片、大半個人頭雕像和幾個缺邊短沿的瓷碗。翻了半天竟沒一樣完整東西，加在一起恐怕也不會超過三十塊錢。這中年漢子沮喪地把東西狠狠朝麻袋裡擲去，罵道：「你娘的，老子累了這大半天，就搞了這麼點破爛東西，真是走霉運！」

引子

又狠抽了幾口煙，他忽然想起在裡面砸開墓牆的時候，曾經從牆上摳下一面嵌在壁上的銅鏡，那個好像是完整的，就算沒人要，光賣銅也值個百八十的，這趟活忙活了大半宿，要是就這麼走了，還真有點不甘心。於是他扔下煙頭，又來到洞口，把雙腿下到洞裡，開始鑽洞。

費了半天的勁，漢子重新回到洞底，再爬進砸開破口的墓牆，進到一個狹窄的墓室裡，中年漢子把一盞小油燈點上，斜插在了牆上。這間墓室左圓右方，形狀很是奇特，裡面有一口石棺材，棺蓋已經被掀到一邊，裡面只有一副七零八碎的枯骨，並無任何陪葬之物。墓室裡散落著一些破爛的瓦片、殘破雕像之類的東西。

中年漢子在墓室中裡裡外外又搜尋了一遍，終於在一個角落裡找到了那面銅鏡，他借著昏暗的燈光，用衣袖胡亂擦了擦光滑的那面，可因為年代太久，擦了半天也沒擦出銅色的質地來。他又翻過鏡子背面，上面起伏不平，似乎有一些浮雕，再用衣袖抹了抹，竟然現出一個人形圖案來，看上去好像還是個女子。中年漢子想看清楚到底是什麼圖案，便直接用手用力地摳上面的泥土，忽然，他被上面的一個疙瘩刮破了手指，血流了出來，他並沒在意，將流血的手指放進嘴裡吮了一下，「呸」一地吐了口唾沫，繼續擦那銅鏡。

漸漸地，上面的圖案清晰起來，中年漢子仔細一看，居然是一個全身赤裸的女

子，長髮垂髻，體態豐滿，臉上五官甚是奇特，像是一隻狐狸似的，看上去那麼妖媚迷人。中年漢子嘿嘿笑了，自言自語道：「這東西倒不錯，拿回去給俺婆娘看看，她肯定喜歡。」說完，他將銅鏡掖在腰間，又緊了緊褲帶，將油燈弄滅，想順著洞口再爬出去。

忽然，他感到剛才刮破的右手手指有點發麻發癢，心想可能是破口遇到了灰土，回家洗乾淨，抹點酒消消毒就好了，用左手一摸，卻嚇了一跳，原來這手指已經腫得像根胡蘿蔔，中年漢子暗道：完了，一定是傷口裡碰了多年前的細菌，感染發炎了，可得趕快回家。他快步來到洞底，擼了擼袖子準備往上爬，剛一抬頭，就感到一陣眩暈，差點沒倒下，連忙扶住牆，罵道：「這他媽的是咋回事？可能是挖土挖得太急，太累了。」

正瞎核計時，忽然，他眼前一花，似乎覺得旁邊有個白色的人影一閃而過，中年漢子嚇得猛一轉身，靠在牆上四下張望。這狹小的空間也就幾平方米，根本沒有半個人，他用力拍了拍腦門，只想趕快爬上地面好回家。剛把身子轉過來，猛見對面站著一個人，離他只有一尺來遠，嚇得他「啊」地往後一退，貼在土壁上，體如篩糠，動彈不得。

只見對面站著一個全身赤裸的女人，長髮盤著寬鬆的大髻，乳房豐滿，屁股碩

引子

大，面帶狐媚，十分淫蕩。這女人臉上帶笑，看著中年漢子不動。漢子嚇得六神無主，一時間竟不知道怎麼辦才好。這時，女人笑嘻嘻地慢慢走過來，一把摟住漢子，將冰冷的嘴唇貼上他的臉，漢子心臟都快從腔子裡跳出來，頓時手足無措，渾身顫抖。這女人抱著他，豐滿柔軟的胸脯緊緊地貼在他胸膛，伸手摸到他的下身，慢慢搓動起來，漢子就像駕了雲，也不知道是該推開，還是該享受，只覺得那女人正在脫他的衣服，身上的勁也在慢慢消失，四肢百骸都懶洋洋地不想動，只想被這個豐腴漂亮的婆娘永遠這麼摟著、抱著，心中隱約在想：這麼冷的天，她咋不穿衣服……

第一章 天馬飛仙

咸陽市興平縣南位鄉茂陵村，陰曆臘月二十三晚上八點半，這一天又被民間稱之為「小年」，是灶王爺上天向他的頂頭上司玉帝老頭述職的日子，民間的風俗是吃灶糖，並在灶臺上換灶王爺的畫像、貼對聯。興平縣也是三國名將馬超的故鄉，因而這裡的百姓都在「小年」這天供奉馬超畫像。

茂陵村是一個普普通通的鄉村，和中國幾萬個鄉村一樣，夜晚寧靜而安詳，偶爾有幾聲小孩的嬉笑聲和狗吠聲。夜色之中，一輛黑色高級轎車悄悄停在村口的堤壩邊上，從車上下來三個人，兩個身穿羽絨服，手裡拎著兩個大塑膠袋。一個身穿黑色呢子大衣，梳著大背頭。三人順著羊腸小徑走進村子裡，村子雖普通卻很長，三人一直走了半個小時，才走到村後的一片小果樹林邊上。這裡民房稀少，只有稀稀落落的幾間，都是看果園子的人在這裡簡單搭建的草房。

三個人來到緊靠果林旁邊的一間最小的土房旁，其中一個穿羽絨服的矮個子緊走幾步來到門前，抬頭啪啪打了幾下門。隔了一會兒，裡面幾聲咳嗽，一個濃重的陝西口音問道：「斯（是）誰？」

那矮個子答道：「老劉，是我咧，勾老六！麻利開門，有人看你來咧！」

裡面的人說：「勾老六啊，誰……誰跟你來地？有……有啥事咧？」

勾老六說：「哎呀，就你這老光棍，誰能來看你呀？還不是因為那件斯（事）情？快別瓷馬二楞咧。」

裡面的人半天沒了動靜，勾老六回頭看了兩人一眼，焦急地又開始拍門。拍了幾下，屋裡亮起了燈光，跟著門閂聲響，破舊的木門慢慢打開了一條縫，勾老六迫不及待地伸手打開門，回頭向兩人賠笑道：「老闆，屋裡吧，屋裡吧！」穿呢子大衣的人平靜地道：「你先進吧！」勾老六笑了一下，先進了屋裡，兩人隨後也進了來。

屋子矮小灰暗，裡面簡陋得和馬棚差不了多少，只有一鋪土炕，炕上擺著一張方桌。屋角一個大木櫃，櫃子上滿是黑泥，櫃門上的鏡子也都是灰塵，人站在前面只能看出一個輪廓。地中間放著一個煤球爐子，上面坐了只水壺，屋裡散發著一股發霉的味道。一個約莫六十來歲的老頭站在地上，手裡拿著一杆煙袋，佝僂著腰，臉上皺紋密佈，眼睛怯生生地看著進來的三個人。

三人進來之後都捂著鼻子，勾老六說：「我說老劉呀，你一個光棍子漢，屋裡也沒有啥值錢的東西，為啥磨磨蹭蹭地不肯開門呀？」

老頭說：「我不是……不是不敢開門，半個月前咱村裡死了個人，死在西山的一個破墓洞裡頭，全身光溜溜地啥也沒穿，鄉裡來了好多公安也沒查出啥個名堂來。村裡人都說是被土女鬼給掐死咧，我這心裡頭害怕，就……」

勾老六不耐煩地打斷他的話，說：「得了吧，那都是人家瞎說，你管那個幹啥？跟你又不相干。你瞧瞧這屋子裡就不能弄得像個人樣？看看這炕髒得沒法坐人，你讓兩位老闆怎麼坐咧！」

兩個人當中一個道：「沒關係，隨便坐坐就行。」

勾老六想了想，脫下了自己的羽絨服鋪在炕上，又脫下裡面穿著的黑色西服也鋪在炕上，說：「老闆，坐吧，衣服乾淨點！」

兩人笑了，緊挨著坐在衣服上。那老頭坐在煤球爐旁邊的一個長板凳上。

勾老六掏出一盒「雲煙」，點上火吸了幾口，說：「老劉啊，你說你這裡，也沒有水招待幾位老闆，我帶來了一些吃喝，你吃飯了沒有？要不要先吃點？」說完，伸手拎起放在門口的一個大塑膠袋，從裡面掏出幾個精裝的牛肉罐頭，一隻燒雞，一隻烤鴨，兩瓶西鳳酒，兩條「紅塔山」香煙，一一擺在桌上。

老劉頭一見桌上的食品，眼睛裡放出混濁的光來，喉頭直吞饞涎，說：「這……這些都是……都是給俺的？」

第一章　天馬飛仙

勾老六哈哈一笑：「廢話，不是給你的我放你桌上幹啥？不過現在兩位老闆在這裡，咱倆也不方便喝酒，你呀，就趕快把東西拿出來讓老闆們過過眼睛，人家要是看中了，手指頭縫裡流出來的錢，都夠你下半輩子見天吃燒雞咧！」

老劉頭猶豫了一下，支支吾吾：「這……這個……東西是俺好不容易弄到的，你們說值幾個錢就值幾個錢，糊弄俺不懂，那……那我可不幹。」

勾老六急了：「哎，我說老劉頭，人家兩位是從北京來的大老闆，能糊弄你這幾個錢？要不是我，你這東西有誰要？這窮村子裡哪個像是有錢的？」

旁邊穿呢子大衣的人伸手打斷了勾老頭的話頭，對老劉頭說：「老劉頭，我也不瞞你，我們兩個人都是專門靠收這個東西吃飯的，這東西能值一塊，我們絕不會給你九毛。這樣吧，你把東西拿出來看看，讓我們摟摟，我再給你開個價，你覺得這價錢行，你就賣，覺得不行，我們扭頭就走，你明天愛賣誰賣誰，願意留著當傳家寶也沒人攔著你。你看怎麼樣？」

勾老六焦急地催促：「快拿出來吧，還等啥呢？人家老闆走了好幾里的路從村頭到你這破屋，你還不識相？」

老劉頭猶猶豫豫，眼睛看著桌上的煙酒和吃喝，腳下卻不動窩。勾老六站起來，說：「我說老劉頭，前天不是說好了的，我帶人來看貨，你也答應了，怎麼今天又……」

剛才說話那人又道：「勾老六，算了吧，人家也不想賣，嫌錢咬手，就願意留到棺材裡，得，那我們也就不打擾了，回見。」說完兩人一齊站起來就要往外走。

勾老六急得眼睛冒火，剛要張嘴，老劉頭咳嗽了幾聲，說道：「行，我……我拿，給你們看看！」

三個人都不作聲，看著老劉頭駝著背走到炕頭，彎下腰跪在地上，從炕邊角落裡抽出一塊炕磚，把手伸進去，摸索了半天，慢慢掏出一個灰布包來。包袱不大，只有半塊磚頭大小，他直起身子，笨拙地打開布包，三人六隻眼睛，都一眨不眨地看著他手裡的布包，彷彿被施了魔法似的。老劉頭打開布包，裡面是一個油布包。再展開油布包，裡面還有一層用黃表紙包著的東西。他又慢慢打開黃表紙，一件東西露了出來。

一匹白如凝脂的玉馬，昂首張口，豎耳挺胸，飛翼揚鬃，四蹄高抬，每個蹄子上都用黃金嵌著，馬背上騎著一個頭戴方巾，後背帶翅膀的仙人，手持靈芝，靈芝也是用黃金打成，通體的玉色都似透明了一般，在昏黃的油燈之下，散發出一種柔和的光線。

穿呢子大衣的人將玉馬拿起來，在燈下反覆看了半天，回頭又看了看身邊那位。這人四十來歲，很有些禿頂，只有鬢角稀稀拉拉地長著幾十根頭髮，橫著梳過來支持中央，眼神精光放亮，一看就是個精明強幹之人。他站起身，小心翼翼地接過玉馬，從懷裡掏出一個放大鏡，在燈下仔細地看著。呢子大衣看著這人，眼神中充滿了期待和詢問，這人用放大鏡仔細地察看以黃金鑲嵌的馬蹄和靈芝，不時地抬頭看看呢子大衣一眼，又低下頭仔細看。過了一會兒，他輕輕把玉馬放在桌子上，掏出一塊潔白的手帕擦了擦腦門上的汗，坐回到炕上。

勾老六和老劉頭焦急地看著兩人足足對這玉馬相了一個小時的面，卻又不敢張嘴詢問，勾老六急得直搓手心。禿頂看了看呢子大衣，呢子大衣朝他點了點頭，禿頂乾咳一聲，對勾老六說：「勾老六，你問問老劉哥，這東西他想賣多少錢。」

老劉頭一下蒙了門，吞吞吐吐地說：「我，我也不知道這東西值多少，你們兩位老闆是見多識廣的人，你們說吧！」

勾老六也隨聲附和：「是啊，老闆，他是個大老粗，不知道價錢，你們就看著給個最好的價錢吧，行不？」

禿頂想了想，伸出五根手指頭。勾老六忙問道：「多少？五百？」

禿頂笑而不答，勾老六眼睛放光：「還是五千啊？」

禿頂笑了笑，又搖了搖頭。

老劉頭喉嚨發乾：「五……五萬？」

呢子大衣哈哈大笑：「你真是窮瘋了。五十！」

勾老六一聽，頓時急了：「五十？兩……兩老闆，你們不是在開玩笑吧？」

老劉頭則一屁股跌坐在板凳上，氣得說不出話來。

禿頂卻不緊不慢地開口說：「老劉頭，你這東西是哪兒來的？莫不是別人頂給你的，你再轉手給我看的吧？」老劉頭看了看禿頂和呢子大衣，局促不安地說：「自然……自然不是咧！是俺從果樹林子裡挖出來的。」

禿頂說：「哦，原來是這樣。實話告訴你吧！這東西不值錢，看上去像是玉的，其實是硬白塑膠做出來的，看上去就和玉差不多，但重量和紋路一眼就能瞧出來。不知道是誰從哪個古玩市場地攤上花幾十塊錢買來，玩夠了丟在地上，被你撿了去。」

勾老六喪氣個臉，問道：「老闆，這東西真的不值錢？可是……頭幾天從興平縣來的幾個人看了，還說能值一千塊錢咧！」

呢子大衣和禿頂哈哈大笑，禿頂道：「他說值一千塊，那他為啥不買？」

老劉頭說：「他們說，這玉馬是仿製品，仿得不錯，可惜真品應該有個底座，這仿品要是也有底座，真能值一千塊。」

禿頂笑得上氣不接下氣，說：「你們兩個棍爺還敢蒙我，這玩套下鷹的活，我十五年前就幹過，我說它值五十塊，它要是能賣出去六十塊錢，我把我這勞力士錶送你。」

勾老六一聽這話，立刻像是個洩了氣的皮球——癟了，老劉頭也沒了剛才那副懵懵懂懂的表情，變得極其沮喪。

勾老六道：「兩位老闆，俺倆也不是故意蒙你，這東西還真是他家傳下來的，不過俺也不知道它不值幾個錢，本還指望著賣個好玩古董的老闆，換點零花錢好過年咧！」

禿頂笑著說：「鬼才知道你們騙過多少人了，不過，你剛才說的那句話倒是不假。這東西是仿的漢代天馬飛仙，下面的確應該有個底座。你們要是真想弄點錢，怎麼也得整得逼真些吧！有沒有弄個底座？說不定還真能騙一千塊錢出來。」

呢子大衣面帶不悅之色：「勾老六，念你頭陣子給我弄過幾件還算像樣的東西面上，今晚的事我就不怪你了，要不然，我非找幾個人好好鑲鑲你的門牙不可！」

勾老六臉上見汗：「老闆，我是真的不知道呀！要是知道這老傢伙的東西是個西貝貨，說啥我也不能大老遠地帶您來不是？」

禿頂說：「可不，搭了一百多里路的汽油錢不說，還買了這麼多年貨。得了，今兒不是小年嗎？就算請你倆吃飯了。以後你多上點心，眼睛放亮點，別拿什麼蘑菇都當靈芝。」

勾老六連連點頭。那邊老劉頭嘟嘟囔囔地說：「其實，倒還真有個底座，只是有點舊了，就沒安上。」

禿頂說：「拿出來看看吧，大老遠跑來這破地方，還搭了一堆好煙好酒，欣賞一下你這底座的造假水準。」

老劉頭沮喪地走到炕的另一角蹲了下，又抽出幾塊炕磚，從裡面掏出一個青色的長方形器物來，放在桌上，說：「這真是俺從後面果園子裡挖出來地。」

禿頂笑著拿起來看，是一塊青銅長方底座，似乎是空心的，約莫有四、五斤來重，顏色青中帶烏，邊角處鏽跡斑斑，平面上有兩個淺坑，連著兩根長短不齊的淺黃色根狀物，像是連著什麼東西被掰斷過。另一面刻著幾個隸書銘文。禿頂看著這幾個隸體字，臉上的笑容漸漸凝固了。看了一會兒，又貼鼻子聞了聞，再拿出放大鏡，仔細地看這幾個字，看著看著，手開始微微地顫抖。

呢子大衣看著禿頂，說：「我說你還有完沒完？咱們還走不走了？小燕還在喜來登飯店等我呢！」

禿頂頭也沒抬，說：「老劉，你這東西是從哪兒弄來的？」

老劉頭說：「屋後的果園子裡，上個月俺想挖土砌個泥爐子，正好挖出一堆磚瓦片，裡頭還有這麼個東西，上面連著那兩個淺黃橛橛，俺本來想掰下去來著，可掰了幾下沒掰動，就放在那咧。」

禿頂說：「這東西你賣嗎？我們要了。」

呢子大衣驚了：「你要這東西幹什麼？回家墊花盆嗎？」

禿頂答道：「我家有個清代的銅罐，就缺這麼個底座，這一配上就好看多了。老劉，你說多少錢賣吧！」

老劉顯然很意外：「這東西，也……也能賣錢？那……你給五十塊錢吧。就當賣個銅價錢。」

禿頂說：「給你五百塊，就當是給你辦年貨的了，你這地方也太破落，還不如我家的狗窩呢！花點錢好好收拾收拾，都沒個下腳的地方。」說完，朝呢子大衣一努嘴，呢子大衣微一怔，隨即從懷裡掏出錢包，數了五張嶄新的百元大鈔放在桌上。

禿頂站起身來，說：「我們也該走了，勾老六，今天的事，你和老劉頭別和任何人說，現在年根底下，政府正嚴打倒古董呢，你別他媽給我沒事找事。」呢子大衣也站起來，兩人一齊出了屋。

勾老六和老劉頭連忙送了出去，勾老六說：「哎呀，您放心吧，今天的事，我是打死了也不說。」

勾老六一直把兩人送到村口轎車旁，目送著轎車離去，臉上的笑容一直沒停。直到轎車完全消失在夜色之中，他一溜小跑回到老劉頭的土屋前，老劉頭看著上氣不接下氣的勾老六，兩人噗哧一樂，笑著喘不上氣來。老劉頭笑彎了腰：「我說勾老……老六啊，你說是不是該著咱倆發財？這塑膠馬沒賣一分錢，倒是這破銅座賣了五百塊，哈哈哈！還鬧了一堆好酒好煙！」

勾老六也笑得合不攏嘴：「就是，這倆大老闆，今天不知是咋了，咋呼呼地冒傻氣呢！這東西當銅賣也就值三十塊錢！行咧，啥也不說了，快把我的那份拿來吧！」

老劉頭給了勾老六兩百塊錢，說：「走，到我屋去喝兩盅！」兩人笑著進了屋關上門，打開肉罐頭，擰開西鳳酒，就著燒雞大吃起來。

第二章　青銅底座

黑色的賓士S500轎車急馳在從興平縣開往西安的東南方向公路上，儀錶盤的夜光時速指針指在一百一十公里的位置。呢子大衣開著車，嘴裡還在不停地嘟囔著：「我說老段，你今天這是抽的哪門子瘋呢？這個破青銅底座，我怎麼看也不值五百塊錢，大老遠地來，讓那兩個老棒子給唬了一把，倒是沒幾個錢，可誤了我的約會啊！那個空姐小燕你也知道，我花了多少心思才泡到手的，好容易說好了晚上九點在喜來登開好房間等我，現在都九點半了，我還沒出興平縣呢！你說，我今天是不是虧大發了？」

禿頂坐在副駕駛的位置上，手指夾著一根煙，兩手不停地把玩著這個青銅底座，不時還輕輕地撫摸著上面殘連著的兩個淺黃色根狀物，笑而不答。

呢子大衣臉上微有慍色：「老段，你這是什麼意思？是不是想看我的笑話？」

老段放下銅座，笑了一聲：「老闆，咱們合作七、八年了，我什麼時候笑話過你？」

呢子大衣說：「那你光笑不說話是幾個意思？」

老段說：「老闆，有這麼句話，叫『有意栽花花不放，無心插柳柳成蔭』。你知道吧？」

呢子大衣不解地問：「那又怎麼樣？」

老段說：「如果不是我多問了一句底座的事，今天你還真是註定要虧大發了，不但沒得著什麼東西，還白白供養了一個空姐，唉，光是貂皮大衣就送了三件啊，七萬多塊錢呢！」說完，向天棚吐了一口煙圈，身子仰靠在真皮車座上，閉上眼睛。

呢子大衣面帶怒色：「你他媽的什麼意思？我白搭了錢你開心是不是？」

老段哈哈大笑，挨了罵不但沒有生氣，反而顯得十分開心。呢子大衣一看他有些反常，反而消火了，道：「老段，你有什麼話就趕快說，別在那裝神弄鬼的，我最煩這個了。」

老段笑著說：「老闆，現在你想去哪兒？」

呢子大衣一怔：「去哪兒？去喜來登飯店找小燕啊。」

老段說：「在前面的路口往左拐，去林教授家。」

呢子大衣不解地問：「林之揚？去他家幹什麼？」

老段說：「去了就知道了，往日咱們淘寶貝，關鍵時候你都是聽我的，今天在你泡妞的關鍵時候，希望你能再聽我一次。」

呢子大衣看了看老段，只見他臉上有一種愉悅而又神祕的神色，心中雖然狐疑，卻也沒再多說什麼。過了一會兒，又忍不住說：「那你幫我打個電話給小燕，多說點軟話，就說我有重要的事要晚一點，讓她多等我一會兒。」

老段掏出手機，笑著撥號。撥通之後開始講話：「喂，小燕嗎？我是妳段哥，他呀，在開車呢，我們要先去西新莊辦一件很重要的事，可能要晚點他才能去找妳。什麼？哎呀，他腦子怎麼會進水了呢？妳別生氣嘛！什麼？妳現在就要走？」

呢子大衣聽了老段的話，急得像熱鍋上的螞蟻：「你快告訴她，多等我一會兒，我送她一只鑽戒，讓她別生氣了，快！」

老段對著手機裡說：「我老闆說了，他送妳一輛奧迪A4轎車作為精神補償，真的，他沒騙妳，他就是這麼說的，說過了年，就親自帶妳去富貴車行買車，如果不兌現，妳就和他分手，對對，沒問題，行，哈哈，好了，再見！」

呢子大衣嘎的一聲將車停了下來，雙眼冒火般地看著老段，好像對面是他的殺父仇人。

老段說：「哎，怎麼停車了？」

呢子大衣怒吼道：「我還不停車？再不停車，我章晨光就得讓你給坑死了！我什麼時候說過要送她奧迪Ａ４了？」

老段哈哈大笑：「老闆，你看你，一輛奧迪Ａ４才幾個錢？」

章晨光怒道：「幾個錢？四十多萬呢！你給她買啊？這娘們都搭進去我二十多萬了，我還給她買車？她是金子打的？」

老段說：「那這樣吧，這個銅底座你送給我，我幫你送她一輛奧迪Ａ４，願意成交嗎？」

章晨光一聽，愣住了，上下打量老段。老段說：「怎麼？我身上有跳蚤？」

呢子大衣說：「跳蚤倒是沒有，不過我看你身上有鬼。」

老段說：「你心裡有鬼才對吧。行了，別瞎猜了，快開車吧，現在是九點四十五，在老林頭睡覺之前，咱們還能趕得上。」

章晨光這回徹底老實了，再也不吭一聲，只顧開車。老段則一面用一塊紅絨布小心翼翼地把青銅座包了起來，一面哼起了小曲：「我獨坐繡樓，眼望京城啊……想起我那情郎哥哥，我的好相公啊……」章晨光聽得心煩意亂，耳朵轉筋，幾次想伸手打他左臉一拳，到底克制住了。

二十分鐘之後，車來到了西安市西南的西新莊。俗語說：「窮住城市，富住郊」。

這裡是西安市郊，地勢平坦，樹木蔥蔥，放眼望去，一排排歐式別墅群聳立在樹蔭之前，房屋之間有寬闊的草地和漂亮的花園，顯然是有錢人的聚集區。再往裡開，就顯得比較冷清了，每棟別墅之間至少有一、兩百米的距離，前有獨院，後有花園，週邊還有高大厚實的歐式圍牆保護，顯然，這裡的房主比前面的別墅主人更有實力，更加奢侈。轎車在一座幽靜又十分講究的紅白相間別墅門口停下，兩人下車後老段先打了個電話，過不多時，一個中年女傭打開了別墅大門，車駛進大門停在院中，兩人下車進到屋裡。

這座別墅外面是純歐式風格，尖頂連體，一連五進，而裡面卻是典型的中國古典裝飾，大門內是一間玄廳，穿過玄廳，來到了寬敞的客廳，面積足有六、七十平（平方米），裡面全用上等紅木地板鋪地，滿眼盡是雕刻精美的紅木家具，清朝樣式的窗櫺和屏風，明後期的博古架，上面高低錯落，擺滿了各種古玩，牆上有一幅巨型草書中堂，題款是八大山人，下面擺著一臺四十二吋的等離子電視，電視的底座卻是用紅木製成，古典與科技的結合，絲毫沒有不倫不類之感，倒給人以一種中外藝術通融之美，由此也可見別墅主人對中國古典藝術的偏愛。

兩人大喇喇地在沙發上坐下，女傭賠著笑問：「章先生、段先生，上次的普洱茶還喝得慣吧？」

老段說：「不錯，今天就還喝它吧！」

女傭用紫砂茶壺沏好了茶，自己出去了。

過不多時，一個花白頭髮有些謝頂的老者，捧著一個青花瓷瓶從屏風後面走了出來，一見二人，開口笑道：「你們兩個傢伙，過小年不在家吃飯、摟老婆，到我這兒又作啥來了？」

章晨光也笑了：「林教授，就是今天沒有飯吃了，才上你這兒來化點緣。有什麼剩菜沒有？能吃飽就行。」

林教授坐在沙發旁的一把黃花梨木椅上，呵呵笑了，說：「我吃素好幾年了，這兒可沒有你愛吃的糊辣魚和薑黃蟹，只有青菜豆腐。」

老段把手裡的紅絨布包放在紅木茶几上，看著林教授手裡的青花瓷瓶，問：「這瓶子顏色很正，看上去像是清中期的青花瓷。」

林教授說：「你這小子眼力還行！這是我的助手小李上星期日坐飛機從北京給我帶過來的，我還尋思著哪天叫你來看看，可巧你們就來了，就先來幫我掌掌眼（鑒定古董）吧！」說著將瓶子放在茶几上。

老段笑著說：「在林教授面前，我哪敢稱掌眼？欣賞一下吧！」說完從茶几上拿起瓶子，只見瓶小口微敞，短頸豐肩，肩以下漸收，圈足。翻過去看了看瓶足，足內有青花「大清乾隆年製」六個字的篆書底款。上下繪有蓮瓣、海水紋，瓶身滿繪龍穿花紋飾，一條五爪龍張牙舞爪，雙角向後伸展，龍身捲曲，作騰飛游動狀。

老段看罷，吃了一驚：「青花龍穿花紡梅瓶？」

林教授笑著點燃一隻鐵梨木煙斗，心情顯然非常好。

老段又問：「這東西……不是在北京故宮博物院裡嗎？怎麼……」

林教授說：「我知道你想說什麼，你是不是想問，這乾隆造辦處的東西都是蠍子屎——獨一份，我這個不是假的，就是偷的吧？」

老段欲說還休，翻來覆去地看著瓶子，不敢多言。

林教授又道：「不瞞你說，這瓶子是北京一個房地產商的家傳之物，他祖上在乾隆年間在內務府任內職，家裡頭有不少大內裡的真東西。頭些日子，他有一個高爾夫球場的專案被政府強令下馬，一下就折進去兩個多億，他賣了全國各地十多處房產也沒湊夠數，沒辦法了，只得將家裡珍藏的古董托朋友都賣了。這瓶子當年汝窯一共燒製了一對，我手裡這只在成色上和進獻給乾隆，現在擺在故宮博物院裡的那只一模一樣，只是在瓶口的胎色上略有不同，所以被祕密留了下來，我聽說之後，馬上派小李連夜去北京拿了下來。」

老段和章晨光聽了後，均張大了嘴說不出話來。

老段又仔細地在瓶底看了半天，喃喃地說：「要不是親眼看見，打死我也不信，這種瓶子居然能有一對。」

章晨光小心地問：「多少錢到手的？」

林教授笑了，說：「六百二十萬。」

章晨光聽了差點跳起來：「六百二十萬？值嗎？」

林教授說：「昨天晚上，紐約的山姆先生從上海到我這看過了，他看了之後，給我開出了一百一十萬美元的價錢，我正在考慮是不是要出手咧。」

老段伸大拇哥誇道：「大哥，這瓶子要是在香港太古佳士得拍賣會上拍，底價都得喊到八百萬以上！林教授，你這個老獵手，又給你逮到一隻大肥兔子，哈哈哈！」林教授也哈哈大笑。

章晨光羨慕地說：「林教授，你可真行，上回那個天青瓶子的事，到現在我還後悔呢，後悔沒聽你的話，唉！」

林教授說：「小章，不用後悔，做咱們這行，就是要膽大心細，小東西漏掉了不可惜，一旦看準了大的就絕不能放過。你還年輕，家底厚實，經濟實力不亞於我，再有小段這個行家跟著你，你的好日子還在後頭咧，哈哈哈！」呢子大衣不好意思地笑了。

林教授推了推鼻子上的玳瑁眼鏡，說：「小章、小段，你們倆來我這兒應該不是真討飯的吧？有什麼事快說吧！」

老段樂了，說：「就是討飯，也不上你這討來，連塊肉都捨不得吃，我們可受不了。」

林教授說：「上天有好生之德，我吃素念佛十幾年，現在我六十六歲，還是精神充足，無病無災，身體不比你們年輕人差，這定是佛祖保佑的結果，我勸你們這些年輕人！也少吃點肉，少泡點妞吧，身體要緊。」

章晨光大笑：「林教授你可真能逗，你說不吃肉、不泡妞，那我活著還有什麼意思啊？是不老段？」老段也笑了說：「可不是嘛！」

老段說：「林教授，你手裡那個東漢的天馬飛仙，還在嗎？」

林教授說：「天馬飛仙，斷了腳的那個嗎？在我書房裡放著呢！怎麼，你對殘破的古董也感興趣？」

老段剛要說話，聽得大廳外面有門鈴響，女傭從裡屋走出來，通過客廳牆上的閉路監視器看了一眼，忙跑去開門，人還沒進來，就聽到一個清脆的聲音：「我回來了！哎呀，累死我了，吳姨快去給我倒杯依雲水！」伴隨著說話聲和響亮的高跟鞋聲，一個漂亮女孩走了進來。

章晨光和老段一看，原來是林教授的女兒林小培，林教授妻子十多年前去世，留有兩個兒子和一個女兒，林小培今年二十四歲，是林教授四十歲時，他妻子生的，排行最小，也最嬌慣。只見她裹著一件雪白的貉絨長大衣，白嫩的小腿穿著一雙同樣白色的高跟長靴，烏黑的長髮瀑布般散落在貉絨大衣外，再配上秀麗的臉蛋，十分漂亮。

章晨光一看她，兩眼頓時一亮：「哎喲，是大美女回來了！可想死哥哥我了。」

那女孩看了章晨光和老段一眼，小嘴一撇，甩著小巧的手提包，邁著舞步般的輕盈步子上了樓。老段和章晨光互相看了一眼，嘿嘿地笑了。

林教授說：「這丫頭從來都是這樣沒規矩。好了，到我書房裡來。」說罷站起身拿著青花瓶，三人從屏風後面來到一個走廊，走廊兩側燈光幽暗，牆上都是一些裝飾畫，盡頭處是一扇暗紅色的防盜門，林教授伸手在門上的一個圓形金屬板上一按，厚重的金屬門無聲無息地向側面滑開，三人進入屋裡。

這是一間不到四十平方米的房間，地上鋪著精美的波斯地毯，一個大辦公桌上擺著一部筆記本電腦，靠椅後面是兩排大書架。雖稱書房，但牆上都是一排排的木架，上面盡是各種瓷器、玉器、金銀器皿和字畫卷軸，看上去比書還多。林教授一

第二章　青銅底座

按辦公桌沿處的一個按鈕，金屬門又關上了。

他來到一個木架前，拿下一個紅漆木盒，坐在地當間的沙發上，將木盒放在茶几上。章晨光和老段坐下，老段打開木盒，裡面是一個帶翅仙人騎著白玉馬，和他們在茂陵村果園老劉頭手裡的那只玉馬幾乎一模一樣，只是雕刻的工藝比較古樸，玉的顏色也略微有些發黃，馬的四個蹄子並沒有包金，其中兩個蹄子還是斷的。

林教授吐著煙圈，道：「這還是十三年前，我從興平縣縣委書記那兒弄來的，你們也都聽我說起過。那時候縣政府翻新辦公樓，挖地基的時候搞出來的，西漢武帝年代的天馬飛仙。」

老段說：「林教授真是手眼通天，坐在家裡，連縣委辦公樓刨出來的東西您都知道？簡直神了。」

林教授得意地道：「我平日裡養活那麼多人，北京、西安、咸陽、杭州、太原、洛陽、廣州、石家莊、香港，每個地方我都安排幾十個眼線，只要遇到有價值的東西，大多逃不過我的耳朵。這天馬飛仙雖好，只可惜沒了底座，山姆那洋鬼子只肯出十萬美金，說如果能找到底座補上，可以給到三十萬，可我找了幾年也沒找到。我一想，十萬美金也不少了，過幾天連那個青花紡梅瓶一併給他算了。」

章晨光忍不住脫口而出：「老段，咱們手裡那個底座難道就是它上面的？」

林教授一聽驚道：「什麼底座？在哪兒？」

老段看了章晨光一眼，慢慢打開紅絨布包，青銅底座露了出來。林教授拿起底座，用放大鏡翻來覆去地研究青銅的表面、底款，喃喃地念著底款的幾個隸體字：「大漢……天漢年製……」又仔細看了正面上兩個淺黃根狀物，看完之後又沉思半晌，忽然拿起玉馬，將馬蹄殘缺之處往底座的兩個淺黃橛上一對，三人都驚奇地發現，除了玉的顏色略有不同之外，缺口處的形狀幾乎完全一樣，如果不看外面的斷痕，就是一件整體。林教授欣喜若狂，拿著玉馬的雙手不停地顫抖，老段看了之後，心中最後一塊石頭終於落了地。

林教授問：「你們是從哪裡弄來的？」

章晨光說：「是從興平縣的一個老……」

老段接過話頭：「一個老朋友手裡得來的，雖然沒花太多的錢，但也害得我們跑了好幾天，這不，我們章大老闆的好事都給耽誤了，是不是？」說著笑著看了章晨光一眼，章晨光臉上一紅，乾咳了一聲不搭話。

林教授知道對方不想吐露底座的來歷和價錢，便說：「如果方便的話，我能不能拿到我的臥室去看一看，二十分鐘後就回來，信不信得過我老頭子？」

章晨光一聽，面露為難之色。

老段卻說：「林教授，我們認識也有十幾年了，我相信你，咱們就在這裡等你。」

林教授十分感激，古玩界的規矩是買主不能把賣家的東西單獨帶離對方視線，尤其是貴重的東西，此乃古玩界的大忌，現在對方答應自己拿走，顯然是對自己非常信任。他拿著底座出了書房。

章晨光對老段說：「你怎麼能讓他把東西拿走呢？萬一……」

老段打斷了他的話，說：「不用擔心。這老頭雖然精明狡猾，但以他的身份，這調包的事他應該不會去做。既然他說要單獨看，肯定有他隱祕的想法，咱們不用擔心他，因為我有一點能肯定，這東西他買定了。」

章晨光問：「是嗎？為什麼？他能出多少錢？」

老段說：「山姆不是說找到底座可以給三十萬美金嗎？用減法也算出來了，這底座怎麼也值二十萬美金，不過只是對林教授來說。」

章晨光高興極了，說：「真的假的？那可他媽的贏大發了，五百塊錢的東西能賣一百多萬人民幣，這比投資月球土地的回報率還高呢！」

老段說：「這就叫貨賣用家，如果不是他有玉馬，這底座還真值不了幾個錢，西漢武帝時的東西，應該是陪葬在茂陵裡的，千百年來被各路盜墓賊挖出來傳來傳去，現在到這老頭手裡拼成一個整體，也算是個不錯的歸宿。」

二人正談著，門開了，林教授走了進來，他坐下之後開口便說：「你們開個價錢吧，只要合理，我絕不還價。」

老段說：「剛才您自己也說了，安上底座有人給三十萬美金，我們也不多要，就按十五萬美金折成人民幣，一百二十萬。」

林教授略一考慮，點頭道：「好的，謝謝你們讓這件寶貝完整，小章，你是要支票，還是現金？」

章晨光說：「還是老規矩吧，網上轉帳怎麼樣？」

林教授說沒問題，他來到辦公室靠椅前，打開筆記本電腦，啟動網上個人銀行專業版，輸入章晨光的銀行帳號，不多時，錢便轉完了。

林教授說：「按照常規，明天下午就能到帳，到帳之後給我來個電話，正月初五小培過生日，我在西安飯莊請你們倆吃飯，怎麼樣？」

章晨光笑著說：「那就不客氣了。」老段也說：「天色不早了，打擾了這麼久，也該走了。」林教授將兩人送到別墅外面，目送著二人開車往東離去。

林教授臉上帶笑回到書房，把底座和玉馬看了又看，暗笑：「幸好我沒說史密斯開出了四十五萬美元的價，不然，又得多花一百多萬。」

第三章　古怪的教授

臘月二十八晚上，北京燕山飯店正是高朋滿座，生意興隆的時候。四樓一間寬敞豪華的ＶＩＰ包房裡，八、九個看上去很有身份的男女正圍坐吃飯，桌上山珍海味林林總總，一干人等看來喝得都挺盡興，個個滿面紅光，高談闊論。

章晨光摟著一個漂亮又帶點妖媚的女孩，正在給眾人講述自己的英雄事蹟，他從得到勾老六的線報，到驅車趕赴興平縣淘寶，又無意中得到青銅底座，再賣給林教授等等，添油加醋地描述了一大氣。不過特意刪去了老段的戲份，變成了他一個人挑大樑唱主角，怎麼一眼看出玉馬是假的，卻又不動聲色地引蛇出洞，讓老劉頭

拿出底座，又如同大慈善家般地賞給對方五百大元，最後跟林教授這隻老狐狸討價還價，鬥智鬥勇，以一百二十萬的價格成交，把自己說得不像是古董商，倒似八大金剛面前的楊子榮，把眾人聽得跤舌不下，羨慕不已。

一個戴著金絲邊眼鏡、大腹便便的胖子打著飽嗝，操著濃重的廣東話伸大拇指誇道：「章老闆真是年輕有為呀！這麼大的便宜能撿到，真是……那個……那個三生有幸呀……」

另一個四十多歲的幹部模樣的人馬上奚落他：「金老闆，你這用詞不當的毛病還是一點沒改，這不能叫三生有幸。」

胖子問：「那應該怎麼說呀？」

幹部說：「教教你，記住嘍：應該叫……叫誤打誤撞！對，誤打誤撞！」

胖子若有所得地點了點頭，章晨光不高興了：「怎麼著李局長，敢情您覺著我就是一瞎貓碰上了死……死耗子唄？」

李局長乜斜著眼睛，口齒也有些不清：「那你……你自己說叫什麼？」

章晨光說：「那應該叫，叫……對，應該叫火眼金睛！老段，你說對不對？」

坐在一旁的老段小口抿著蘇格蘭威士忌，微笑不答。

右首一個三十多歲的女子說道：「李局長，聽說國家文物總局下了新檔，要加大國家收購重點文物的力度，咱們北京文物局有什麼消息嗎？」

李局長嘆了口氣：「檔是下了，可又有什麼用？就拿我們北京文物局來說吧，每年用於收購文物的資金只有三百多萬，還得一層層地上報相關部門，來回審批，等你審批完了，東西早讓海外大老闆給買走了。再說三百多萬對收購文物來說，簡直就是杯水車薪，就拿剛才章老闆說的那個『乾隆青花龍穿花紡梅瓶』來說吧！那可真是稀世珍寶，按理說什麼也得留下來，可人家花了六百多萬的價錢，還跟撿了大便宜似的樂得夠嗆，咱手裡才三百多萬，頂多也就買一瓶底兒，只有眼睜睜地看人家捧走，乾瞪眼沒轍。唉，收購不到一級文物，上頭還得通報批評你，我這文物局長也真是難當啊！」

那女子旁邊的男士點了點頭：「可不是，現在這國際文物市場是年年火爆，國外的大買家腰裡都揣著上千萬的美金來中國淘寶，沒點實力的人還真幹不過他們，就拿那林教授來說吧，這老頭專門收購散落在民間的優秀文物，然後倒手賣給國外買家，十幾年下來，他手裡至少有十多億左右的資金可供流通，不可小看吶！」

章晨光打了個嗝，輕蔑地說：「有什麼了不起？他不就是有十幾個億嗎？早晚有一天，我把他那一屋子的古董全都收購下來，看他還神氣個什麼勁！還有他那個別墅，一屋子紅木家具。對了，還有他那個一天到晚不拿正眼看我的女兒，我全都

給他買下來！」
章晨光旁邊的女子不樂意了：「你可真是裡外通吃啊，買他女兒幹什麼？是當你保姆啊，還是當你老婆？」
章晨光賠笑道：「小燕，瞧你說的，有妳在我身邊，我能要她做老婆嗎？等過完年，咱就去買奧迪A4，銀色頂配的，怎麼樣？」
小燕撇了撇嘴：「這還差不多。」
席間一個四、五十歲的男子開始一直沉默不語，此時開口說道：「段哥，你說的天馬飛仙，是不是一個帶翅的仙子手持靈芝，騎在一匹大宛寶馬之上？」
老段點頭：「對，沒錯！」
那人又問：「底座是青銅色，約一塊磚大小，底下有隸書『大漢天漢帝製』六個字？」
老段說：「沒錯！尤老闆，這天馬飛仙的底座難道你也見過？那可是剛出土的啊！」
這姓尤的說：「我以前在一部古籍中看到過有記載，對了，銅座的側面，還有一個長方形的刻痕？」
老段奇道：「這你都知道？沒錯，是有一個，好像是裝飾的花紋，兩側都有，但這花紋好像太簡單了一些，不過也符合『漢八刀』的風格，簡約優美。」那人點點頭。

老段又說：「尤老闆，聽說你的金春集團下個月要在香港大酒店開一個大型春季拍賣會，有沒有什麼特別的東西啊？」

尤老闆笑了笑，說：「沒有太特別的東西，只有一件圓明園的銅馬首，應該勉強還算是拿得上臺面。」

此言一出，頓時四座驚訝，文物局李局長瞪大了眼睛說：「你是說是圓明園內西洋樓海晏堂的十二生肖銅像中的馬首？我的老天爺，那可是舉世聞名的國寶啊！」

尤老闆也得意地說：「就是它了，我們金春集團也是同一位臺灣收藏家溝通了很久，才促成了這件東西的參展。我相信，有了它的助陣，金春集團在世界拍賣界也會令人刮目相看。」

那女士說：「可我總覺得，在中國的國土上拍賣被八國聯軍搶去的東西，有點不太妥當，至少我心裡有些不舒服。」

李局長也說：「是啊，中國幾百年戰爭中，被西方列強搶去的文物太多了，現在又要拿到中國來公開拍賣，也太不像話了！對了，這銅馬首的起拍價大概是多少錢？」

尤老闆說：「大概六千萬港幣吧！」

這句話一出口，桌上立刻炸了鍋。

剛才那女士張大了嘴說：「六千萬港幣？這不是趁火打劫嗎？」

尤老闆不高興地說：「張女士，這價兒可是人家臺灣收藏家自己定的，又不是我尤某隨便賣多少就是多少錢，你這麼說可就有點不合適吧？」

李局長臉上也露出難以置信的神色，他扶了扶眼鏡說：「這圓明園的文物價格漲得如此之快，實在令中國人從感情上難以接受。就說海晏堂的這幾個銅獸首吧，二〇〇〇年中國保利集團花了一千六百多萬港元買下銅牛首和銅猴首；二〇〇三年，有人得知銅豬首像在美國的一位私人收藏家手中，於是他多方奔走，那美國人終於同意轉讓出來，澳門著名商人何鴻燊先生得知後，出資七百萬人民幣買下了這座銅豬首像捐給國家；半年後保利集團僅回購銅虎首一件，就花了一千五百四十四萬港元。而如今才不過兩、三年的光景，這銅馬首居然就叫到了六千萬港幣的底價？實在是有點太離譜了！」

那金老闆也說：「我也覺得不太妥當啦！是中國的東西，就沒有必要用中國的錢買回來，對不對？而且透過拍賣的方式收回流失文物，只會導致價格越來越高，其實就是一部分人別有用心，想從中國人身上撈到更多的錢啦！」

李局長點點頭，說：「金老闆說的沒錯，拍賣的價格並不完全代表文物本身的價值，而僅僅是一種商業價格。如果在商業體系內運作，將會形成一種惡性循環，價格越高，文物回流的可能性就越小，六千萬港幣，開什麼玩笑？該回歸的一定要回歸，但回歸的管道不一定是回購！」

李局長一番話博得了席間多數人的同意，尤老闆聽了後「哼」了一聲，不以為然地說：「各位這麼說可就有點不合適了。我就是個商人，既不是政治家，也不是慈善家，有人願買，就自然有人願賣，那也是天經地義的事。再說香港是自由港口，擁有高度的治外法權，有權拍賣任何東西，任何國家也無權過問。現在這麼多年過去了，哪個國家沒有流到外國的文物？埃及、希臘、東南亞、南美，不都一樣嗎？不過是中國的文物多些而已。再者說，中國現在有錢的收藏家越來越多了，他們要想讓國寶回歸祖國，完全有實力回購，我們又何樂而不為呢？」

眾人聽後神情默然，都不再吭聲。

章晨光見氣氛有些尷尬，忙打圓場說：「今天吃得高興，就別提那些喪氣事了，尤老闆說的對，咱們是生意人，只要有錢賺就好，哪裡還管那麼多！這樣吧，今晚去海皇浴宮消遣，聽說那裡新換了好些美女，一切消費都由我章晨光安排，有

想去的快快報名，額滿為止啊！」

席上的男士聽了都非常高興，連忙哄然附和，女士們卻都面帶鄙夷之色。

尤老闆站起身說：「章老闆，我還有點事，就不多打擾你了，有時間還是希望你多來金春集團坐坐，我先告辭了！」章晨光將他送出包房。

兩人走出房間後，桌上幾人都露出鄙夷的神色，那李局長說：「這個尤老闆真會發巧財，這些年他專門倒騰中國外流文物，著實賺了不少錢哦！」

那女士更是毫不掩飾心中的怒氣：「他姓尤的有什麼能耐？說得好聽點是投機取巧，說難聽了就是個發國難財的漢奸！我最瞧不上這種人了，什麼錢都賺。」

她身邊的男人說：「唉，算了，妳跟他生什麼氣？他發他的國難財，妳氣死了，人家不還是一樣吃香的、喝辣的？這銅馬首要是真按尤全財說的價兒賣掉了，光手續費就進帳九百多萬！好了好了，咱們也該回家了，有妳在這，我今晚也不能去海皇浴宮了，唉！」

那女士把杏眼一瞪：「你想得美，看我讓不讓你進家門！」

西新莊林之揚別墅書房裡，林教授正看著手裡的天馬飛仙。他翻來覆去地端

第三章　古怪的教授

詳，看了一會兒，又拿起桌上的一本破舊不堪的古籍書，對比一番之後，臉上露出興奮的神色，嘴裡喃喃地說：「難道真的是它？真被我得到了？」

過了一會兒，他卻又黯然神傷，接著又站起來，在書房裡來回踱步，眉頭緊鎖，似乎拿不定主意。

走到辦公桌旁，林教授忽然把牙一咬，猛地將拳頭砸在桌上。

他走到對面牆上的一幅董其昌仕女圖前，雙手捏住上面的畫軸兩端輕輕一按，然後將畫軸揭下，露出了牆裡的一個保險櫃門，先在櫃門上數位鍵盤撥了一串數字，再把右手大拇指往一個凹下去的金屬圓盤裡一按，保險櫃喀地彈開。

林之揚打開保險櫃，拉開小抽屜取出一個相冊。

翻開相冊，裡面裝滿了發黃的舊照片，都是林之揚年輕時和另一些人的合影，背景多是一些荒山、土坡之類的地方。林之揚拿出其中一張，上面是林之揚與一個瘦長臉的男人共同捧著一尊還沾著泥土的瓷瓶，照片上的林之揚顯然還不超過四十歲，那瘦長臉男人則是一臉麻子，兩人臉上均洋溢著喜悅之色。

林之揚看著這張照片，目光專注，思緒似乎順著照片飛到了三十年前。他自言自語地說：「王全喜啊，王全喜，看來咱倆的緣分還沒盡吶，嘿嘿！」

第四章　後生可畏

西安朱雀路古玩市場裡，大道兩旁顧客眾多，來來往往。這個古玩城是全西安最大的，古玩店一家挨著一家，這裡的古玩店和北京的潘家園、琉璃廠都差不多，有的店家把很多東西擺在門外，任顧客隨意拿起來挑選。這種店其實已經稱不上是古玩店，而更像是雜貨店，門口擺的東西除了瓷器景泰藍、手串香珠、銅錢大洋之外，還有很多近、現代的東西，如指揮刀、毛章（毛主席像章）、鋼盔水壺、皮革槍套武裝帶等等，品種倒是很全，不時有人駐足觀看。

再往市場深處走，則都是一些相對來講比較專業的鋪子了。這裡的店主很少將東西展示在外頭，一般都是放在店內，你想看就進來看，轉幾個鐘頭不買也沒關係。這種店裡的古玩真貨相對多些，凡是有些文物知識、專程來西安淘寶的人，一般都是直接選擇在這種店裡晃悠。現在正是五月中旬，陝西已是初夏，這天又趕上星期一，俗話說：禮拜一買賣稀，到了下午就更沒多少人了，除了來閒逛打發時間的老者，就是專門撿漏的淘寶人，氣氛頗為安靜。

一家名叫「盛芸齋」的古玩店裡，顧客不多，除了一個三十出頭的年輕人在翻看古籍雜誌之外，還有幾個日本遊客正饒有興趣地挑選古玩，店主則坐在一旁漫不經心地看著，一雙眼睛卻敏銳地在幾個日本人和中年翻譯的臉上來回巡視。其中一個長得白白淨淨的日本女人對手中拿的一件青花筆洗相當喜歡，已經翻來覆去看了半天，不時用日語和旁邊幾個日本人對話，那幾個日本人也都邊說邊點頭，看來都挺喜歡這東西，從表情上來看，卻還有點吃不準這玩意究竟能值多少錢。

那中年翻譯和日本女人嘀咕了一通後，對店主說：「老闆，這件東西是什麼朝代的？什麼用途？這位是從日本來中國旅遊的真由女士，她很喜歡這件古玩，想請你給介紹一下，可以嗎？」這翻譯大約四十五歲，戴一副金絲邊眼鏡，又矮又胖，看來胖翻譯這個形象並不只在電影裡才有。

店主是個六十來歲的老者，瘦長臉上微有些麻坑，頭上有點謝頂，一臉的精明之色。他看了看翻譯和那個日本女人，乾咳一聲，說：「這件東西叫筆洗，顧名思義，是古代的書法家、畫家用來清洗毛筆用的。既然這位日本友人看中了，那我也不便隱瞞。這件筆洗是清朝乾隆年間的，上面是大畫家董其昌的畫，底下還有款。這筆洗在我一個朋友家裡祖先一代一代傳下來，他家裡出了點事情，於是托我在這裡代為銷售，既然這位女士喜歡，那我也不便多要價，就按我朋友給的最低限價，八萬塊，一分錢不能少。」

翻譯將店主的話一五一十地翻給日本女人，她臉上立刻現出驚訝的神色，隨即說出一串大日語。

翻譯說：「真由女士說：她走了這裡很多古玩店，這種外形相似的筆洗，其他店才要幾百、幾千元，最貴的不超過兩萬，為什麼你這件卻這麼貴？它是真貨，還是假冒的？」

店主冷笑一聲，說：「真貨有真貨的價，假貨有假貨的價，別說幾百、幾千，我這裡還有八十塊錢的，你要嗎？」說完又拿過一只筆洗，說，「這只筆洗是五十年代的仿製品，八十塊就賣。」

翻譯對日本女人說了一句，那日本女人接過一看，外形、顏色，圖案、大小都差不多，頓時沒了主意，又說了幾句話。翻譯說：「真由女士問，董其昌是誰？」

店主說：「是明朝的一位大畫家，很有名的，凡是愛好古玩字畫的人，沒有不知道他的。」

那翻譯翻給日本女人，她聽了後，看了看其他人，一眼瞥見在角落裡翻看古籍雜誌的那個年輕人，悄悄衝翻譯使了個眼色。

那翻譯會意，走到那年輕人身旁，說：「這位先生，不知你對古玩字畫可有研究？」

第四章　後生可畏

年輕人正在專心地看書，一聽他的話，忙客氣地說：「請問有什麼事嗎？」

翻譯笑著說：「我叫李成文，是這個日本旅遊團的隨團翻譯，這位真由女士想買這件古玩，可又不知道它是否物有所值，想讓您幫著鑒定一下，可以嗎？」

年輕人說：「哦，我叫田尋，對古玩粗有瞭解，但就怕幫不上太大的忙。」

翻譯連忙說：「不要緊，請您過來幫著看看就行。」

田尋心裡犯難，因為在古玩行裡，賣家對這種幫人掌眼的行為是相當忌諱的，可這李翻譯執意非要田尋給幫著看看不可，盛情難卻，也沒什麼辦法。

田尋只得先跟李翻譯走了過來，李翻譯說：「這位老闆說，這只筆洗是清朝乾隆年間的產物，請您幫著看看。」

田尋看了看店主和那幾個日本人，接過筆洗端詳一番後，說：「這上面的圖案是董其昌《秋興八景圖》之一，董其昌是明末大畫家，字玄宰，號香光居士，擅長工筆人物和書法，與臨沂邢侗、晉江張瑞圖、順天米萬鐘並稱為『邢張米董』四大家。這筆洗底款上寫『甲辰年製』，應該是民窯的東西，從胎上看，胎質輕薄、細潤，釉面平整泛青，從顏色上看，這件東西用的是國產珠明料，青花色調以翠藍色為主，色調深沉、緊貼胎骨，總體來說還是一件不錯的古董，只可惜……」

李翻譯忙問：「可惜什麼？」

田尋說：「可惜在釉面接胎處有些火石紅斑，而且胎口也有些露胎，底足處還有一個裂紋。」

李翻譯讚嘆地說：「田先生，您真是行家，剛才您說的那一大堆術語，我用日語都沒法翻譯。」

店主有點不高興了，在古玩這一行，有很多不成文、但內行人又必須得遵守的規矩，其中一條就是：無論你水準有多高，不管是你自己挑選，還是幫別人掌眼，都不要直接給人點破，說人家的某某古董是假的、仿的，或是有瑕疵的。因為古玩真真假假，從古至今就是這麼個賣法，你不喜歡沒關係，大可扔下扭頭就走，北京人通常稱之為「懵買懵賣」，而且如果你並不想買的東西也不要隨便問價。很多人可能不理解，但古玩店就是這樣，它可不像農貿市場，如果在古玩店裡問完價不買，就像很多人根本就是來逛街的，一看到稀奇古怪的東西張嘴就問：「這個多少錢？」而賣家報價一千塊後，你又習慣性地來一句「這東西也就值五百」，人家看你給了價，說同意賣你了，可你又說不想買，這就得罪人了，就有存心拿賣家尋開心，甚或是同行專門來「趟價」的嫌疑。像田尋剛才的一番言語，就是犯了古玩行裡的大忌。

店主臉上肌肉抽搐，頗是不快，沉著臉對田尋說：「年輕人，你所說的火石紅斑，從宋代以後在胎底與釉面的結合處常見，而且這不過是民窯的東西，你能把它和官窯相比嗎？」

李翻譯期待地看著田尋，田尋哼了一聲，說：「老闆，火石紅斑多見在清初之前的瓷器中，是因為瓷土裡含鐵量太多，淘不乾淨而造成的。而在清代之後，隨著燒製工藝的提高，工匠已經可以把瓷土中的鐵質淘洗得很徹底，火石紅斑現象已經基本消失，它只存在於小型民窯中，難道老闆你見過大型清代民窯瓷有火石紅斑嗎？反正我是沒見過。」

店主臉上一陣紅，一陣白，頓時沒了聲。

李翻譯忙問田尋：「田先生，那請您給估個價可以嗎？」

田尋看了看店主，對李翻譯說：「在人家的店裡，我不好對價格做評論，您還是自己看著辦吧！」說完放下筆洗就要走。

李翻譯連忙拉住他，誠懇地說：「田先生，這位真由女士是日本真由株式會社社長的女兒，自幼就非常喜歡中國文化，這次來西安專程到朱雀路古玩市場來，想買一件真正的中國瓷器帶回去，看在中日友好多年的面子上，您就給幫著估一個價如何？」

旁邊那位真由女士雖然聽不懂兩人的對話，但從表情上也能看得出一二來，也

給田尋來了個九十度鞠躬。

田尋為難地看看店主：「可這是別人的店，當著老闆的面估價，有點……」

那店老闆面無表情，不在乎地說：「無所謂，請你們隨便。」

李翻譯說：「你看，人家老闆都說了，你就……」

田尋說：「那好吧！這筆洗老闆開價多少？」

李翻譯說：「八萬元。」

田尋一笑：「這東西不值八萬。」

店主臉上閃過一絲陰暗神色，李翻譯忙問：「那值多少？」

田尋說：「依我個人之見，最多值七萬元。」

店主聽了一愣，李翻譯也說：「什麼？就差一萬元？」

田尋說：「對，這筆洗雖然是乾隆年間的真品，但它是民窯燒製，比官窯差了一截，而且這筆洗還有我剛才說過的那三處缺陷，要是我買，也就出七萬左右。」

李翻譯說：「可附近其他店裡的筆洗，最多不過一萬多元，這件為什麼這麼貴？」

田尋笑了：「瓷器這東西仿品太多，如果是清末的仿品，能值兩三萬，民國初期的一萬多塊，民國末期的幾千，要是三、四十年代的東西，也就值個幾百塊。這筆洗雖然缺點不少，但它是乾隆年的真品，就憑這一點，值幾萬不算稀奇，俗話說：寧買一真，不買百假。東西和東西是不一樣的，要靠你們自己去辨別。好了，我的話僅供你們參考，成不成交是你們的事。」

店主默不作聲，李翻譯將話翻給那女士聽，女士和同夥商量了一番後，又交代給李翻譯說：「田先生，從你的話，我們可以相信你是真正的行家，謝謝！店老闆，這東西七萬元能賣嗎？」

店老闆面沉似水，說：「真沒想到在這還能碰上行家，不過我那朋友說了，少八萬不賣，對不起。」

李翻譯犯了難，看了看田尋，明顯要徵求他的意見。

田尋說：「西安的古玩市場不比北京、天津，這裡的真貨率在全國最高，而且這件筆洗如果拿到海外市場，價格絕不止於七萬元人民幣，中國的古董在國外市場是很搶手的，這一點我想你應該知道。看在中日友好的分上，我只能說這些了，主意還要這位日本女士自己拿。」

李翻譯告訴女士，那女士想了想，似乎很堅決地和李翻譯說了什麼，李翻譯說：「我們真由女士決定出八萬元買下你這只筆洗，還請給我們開具一張收據，可以嗎？」

店主說：「當然可以，咱們一手錢，一手貨。」

日本女人讓旁邊一個日本男人去外面銀行提現金，李翻譯則握著田尋的手說：「田先生，今天真是多虧你了，十分感謝！」

田尋說：「中日友好嘛！不用客氣。」

過不多時日本男人回來了，八摞現金放在櫃檯上，店主在點鈔機上驗過後，將筆洗交給日本人帶走。臨走時田尋對李翻譯說：「在中國，將文物帶出境是很困難的，你們要小心點，最好別讓人看見了。」

李翻譯再三感謝。

出了店門，那真由女士用日語對李翻譯說：「我聽說，在你們中國有一個職業叫做『托兒』，專門哄騙顧客上當。你怎麼知道那個年輕人不是古玩店老闆的『托兒』呢？」

李翻譯得意地用日語回答說：「世界上的『托兒』都有一個共通之處，就是只說商品的優點，這樣才能讓其他顧客上當，可這個年輕人卻總是在挑筆洗的缺點，從這點上來說，他就不可能是托兒，如果他真的是，那也是一個非常不合格的托兒。既然他不是托兒，那麼這筆洗就一定是真品，中國的文物在國外市場一向都擁有極高的聲望，真由女士，這件東西你算是選對了！」

日本女人臉上露出笑容，一行人高興地走了。

田尋在店裡又翻了一會兒雜誌，準備出門離去。

這時，店主說話了：「年輕人請留步！」

田尋說：「老闆有事？」

店主說：「年輕人，你和那幾個日本人認識嗎？」

田尋搖搖頭：「不認識。」

店主把臉一沉：「那你為什麼總幫他們說話？是不是故意來攪行的？」

田尋笑了笑走過去，在店老闆旁邊一張椅子上坐下，說：「老闆，你說我是在幫他們，還是在幫你？」

店老闆看了看四周，說：「小兄弟，當著明人不說暗話。那個乾隆年間的筆洗，你應該是看明白了吧？」

田尋說：「沒錯，你那筆洗是民國末期的仿製品，最多值兩千塊錢。」

店老闆臉色大變，忙給田尋沏了一杯茶水，說：「那你為什麼對那日本女人說是乾隆年的真品呢？」

田尋喝了口茶，說：「這群日本人從中國弄了不少東西，和清朝打仗時勒索了好幾千萬兩白銀，侵華時又從東北往本國大批地運鐵礦、煤礦和糧食，金銀珍寶就更不用說了。小日本欠中國的太多了。從那胖翻譯懇求讓我幫他掌眼這事，我就能斷定這幫人肯定都是古董方面的棒槌，就這種水準的棒槌，也敢來中國買古玩？不過既然冤大頭自己送上了門，要是不摟頭給一刀卸她半扇兒，簡直就是罪過。讓她多花幾萬塊錢，權當是給中國賠款錢的利息，順便也讓她長長知識，交點學費，對她來說也是好事。」

店老闆一聽，立刻肅然起敬：「田先生真這麼想？讓我太感動了。說實在的，我王某人在朱雀路做了二十幾年的古玩生意，從不欺騙自己人，但就是看著那些財大氣粗，卻又啥也不懂的外國遊客來氣，有機會要是不宰上一刀，這心裡總覺著對不起祖宗似的。但有一點我不太明白，你想幫我的話，為什麼卻一直在挑那筆洗的毛病和缺點？這不是起反作用嗎？」

田尋哈哈一笑，說：「王老闆，兵法上說：虛則實之，實則虛之。如果我一味地說那筆洗有多麼多麼好，不但那胖翻譯心中會起疑，連那幾個日本人也會不信，而我這一挑毛病，反而讓他們放了心。但我一口咬定這是真品，而且我說的價格和你的定價差不太多，這樣一來，那日本女人就更不懷疑了，因為中國的古董一拿到國外，身份就會倍增，這道理她應該也知道，所以才使她很快就下了決心，爽快地買了它，而且我告訴他們文物不要輕易外露給別人看，也就不怕他們找別的店家鑒定。」

店老闆聽了之後，頗有感觸地說：「田先生年紀輕輕，卻是才智過人，令王某非常地佩服啊！俗話說：三年不開張，開張吃三年。那筆洗我原本打算能用三、四萬元成交就很滿足了，按照行規，我應該付給你多餘利潤百分之三十的酬金，這是一萬元，希望你不要嫌少。」

田尋笑著說：「還有這好事？哈哈，太意外了。」

店老闆遞上一張名片，說：「敝人王全喜，不知道田先生今年多大年紀，家在哪兒住？聽口音好像是北方人。」

田尋說：「我是瀋陽人，名叫田尋，今年三十一歲。現在是瀋陽一家雜誌社的編輯，單位給我放了一個月的假，順便讓我來趟西安，搜集一些古籍資料。」

王全喜說：「那你為什麼對古玩文物這麼有愛好？」

田尋說：「不瞞你說，我曾太爺爺祖上滿清時在內務府當差，家境殷實，古玩也不少，我的太爺也特別喜愛收集古董，在他的薰陶下，我自幼也就喜歡上了這個，經常借著單位出差的機會，去全國各地的古玩市場和古城遊歷。」

王全喜說：「原來是這樣！俗話說『房新畫不古，必是內務府』，當年滿清大內的內務府直管七司三院，是清朝皇帝的大管家，金銀財寶、古玩字畫不計其數，既然您的曾太爺爺早年在內務府供事，那一定傳下來許多值錢的好玩意了？」

田尋搖了搖頭，說：「好玩意倒是不少，聽我爺爺說，我曾太爺死後給我爺爺留了足足四大箱子的東西，可惜在六九年破四舊那陣子都被紅衛兵給抄了，瓷器砸、字畫燒，金銀之類的東西上交充公不說，還說我爺爺是『封建皇帝的走狗後代』，天天拉出去批鬥、背老三篇。」

王全喜聽了後，十分遺憾地搖了搖頭說：「文化大革命可把人坑苦了。那破四舊號稱是破除『舊思想、舊文化、舊風俗、舊習慣』，結果把中國多少珍貴字畫、典籍、器皿都燒了，八國聯軍打頤和園那年，洋鬼子們把萬壽山頂的一千尊琉璃浮雕佛像當槍靶子練，打得佛像不是缺腦袋，就是沒眼睛，可總還有個身子。到了破四舊時，北京的紅衛兵小將們到萬壽山似乎是為了完成八國聯軍『未竟的事業』，把那些琉璃佛像統統都砸爛了，真是讓人無奈！」

田尋嘆了口氣，說：「可不是嗎？後來我爺爺把一卷唐伯虎的仕女立軸偷偷留了下來，可後來有一年我奶奶得了場重病，爺爺無奈就把畫給賣了。那時是七二年，聽說當時賣給了一個在瀋陽教外語的外國教授，好像是賣了五萬塊錢，那時候一座大宅子無非也就是幾萬塊。反正到了我這輩，啥也沒剩下。」

王全喜惋惜地說：「那真是太可惜了！唐伯虎的仕女圖？要是留到現在，恐怕沒幾百萬是買不下來的！那不知道你除了瓷器古玩之外，還有什麼愛好？」

田尋說：「我這個人愛好太多，古玩玉器、體育軍事、音樂電影，可惜都是半瓶子醋，讓您見笑了。如果說最大的愛好，那就是看書，仗著自己記憶力還不錯，正書、閒書，什麼書都看。」

王全喜聽了滿意地點點頭：「田先生在出版社裡主要負責哪方面的工作？」

田尋笑了笑：「我的單位主要負責出版中國各種珍本、孤本和善本，同時也研究中國古代斷代史和相關歷史文獻，尤其是一些現今缺少正史的文明古國。比如像新疆的樓蘭、尼雅、龜茲、精絕、高昌等，我本人也對西亞這些神祕的古國很感興趣，我的單位有一本雜誌月刊叫《古國志》，我就是這本雜誌的責任編輯。」

王全喜「哦」了一聲，略微沉吟說：「我有件事想和田先生商量一下，我有一個考古界的老朋友，你也應該聽過他的名字，他在西安也算是赫赫有名，就是西安大學的林之揚教授。」

田尋點點頭：「聽說過！林之揚教授是西安著名的文物專家，他家裡的藏品也很豐富。」

王全喜喝了口茶：「你說的沒錯，我和他是幾十年的老朋友了。最近他正在研究一個課題，想組織民間考古隊進行考察，可他年紀大了、行動不便，於是托我為他物色些人才，組織起一個考古隊，現我已經找到四人，不知道你還有沒有興趣加入？」

田尋立刻來了精神：「太好了！是什麼課題？」王全喜笑了：「如果你有興趣，明天我可以為你引見一下如何？」

田尋滿口答應下來，留了自己的手機號碼，然後和王全喜道別。

第五章　刁蠻公主

次日上午八點半，兩人乘計程車從古玩市場出發，一直往西來到西新莊別墅區。在別墅區大門處，王全喜向保衛人員說明情況，保衛人員又通過無線門禁系統核實過，這才將車放行入內。

計程車一路行駛，社區裡樹木蔥蔥、花草茂盛，一排排歐式別墅掩映其中，房前屋後都有草地和花園。計程車又開了七、八百米，停在一座幽靜的別墅門口，下車後，田尋看著這座豪華漂亮的別墅，心想這就是林教授家？也太奢侈了！

院子裡停著一輛紅色保時捷跑車，一隻德國約克犬正在狗舍裡睡覺，見來了生人連忙立起來，虎視眈眈地盯著田尋看個沒完。

王全喜按門鈴，女傭開門將兩人迎進來。穿過玄廳來到客廳裡，田尋的眼睛就有些不夠用，廳裡都是上等的雕花紅木家具，清中期樣式的窗櫺、屏風，博古架上擺滿各種古玩，牆上有石濤的巨幅草書中堂，旁邊還立著一座近兩米高的珊瑚樹。

田尋在博古架上流連觀看，心裡暗暗吃驚：這些古玩每件都有幾十萬以上的價值，光是這博古架上的東西，加在一塊少說也得上千萬。

兩人在沙發上坐下，有女傭端上茶水，不多時屏風後面走出一個氣質不凡的老者，這老者滿面紅光、一身潞州綢衫、氣定神閒，還真有種閒雲野鶴、隱世高人之感。

老者笑著對王全喜：「老王，你很準時啊！」

兩人連忙站起，王全喜嘿嘿一笑：「可不是嗎？向你介紹一下，這就是我對你說過的田尋，昨天我們才認識，卻大有相見恨晚之感吶！田先生年輕有為，文物知識豐富，是個不可多得的人才啊！」

田尋向林教授欠了欠身：「林教授你好，我叫田尋，能認識您真高興！」林教授略一點頭，在花梨木靠椅上坐下：「聽王全喜說田先生對文物古玩頗有些造詣，不知道田先生專門研究哪一類別？」

田尋連忙笑笑：「林教授過獎了，造詣二字是萬萬不敢當，我只是個後輩，也談不上什麼研究，無非是對漢唐的玉器和明清的瓷器有些偏愛而已，在林教授面前簡直不值一提。」

他這幾句話說得很是謙卑，林教授暗自點頭，這年輕人倒還謙虛，他喝口茶，說：「聽說田先生祖上在內務府裡當過差？」

田尋笑了笑：「我的曾太爺爺前清時在內務府養心殿造辦處任個小職。」

林教授眉毛一揚：「哦？養心殿造辦處可是出珍品的地方！那你的先人沒傳下來什麼東西？」

王全喜說：「傳下來的東西在『文革』時候都給砸壞了。」

林教授哦了聲：「那太可惜了。」

王全喜說：「咱們還是談正事吧，田先生想加入我們考古隊，今天我特地來給你引見一下。」

田尋說：「聽王老闆說您要組織一個考古隊，我從小就喜歡考古探險方面，也非常希望能參加，不知道林教授意下如何？」

林教授面沉似水，並不答話，而是拿起紫砂壺給三人分別續了茶水，指著茶壺說：「不知道田先生對紫砂壺可有研究？」

田尋接過茶壺看了看，搖搖頭：「我對紫砂壺幾乎一竅不通，這壺顏色純正，上有『井養汲古』大字，還有『井養不窮，是以知汲古之功』的題識，應該是陳鴻壽曼生壺中的『井欄壺』，但是真是假，我實在是沒有發言權，讓林教授笑話了。」

林教授接過壺：「對紫砂壺能認識到這種程度也算不易了。說完又順手在博古架上拿過一件玉器，放在茶几上說：「這件玉器是前幾天一個朋友給我送來的，我

有些拿不準，你幫我看看它的來歷怎麼樣？」

田尋小心翼翼地捧起這件玉器，心裡很清楚林教授是「醉翁之意不在酒」，以他的學識和經驗，又怎會拿不準一件玉器？分明是在試驗。他看了看王全喜，見王全喜臉上暗笑，顯然他心裡明白。再回頭看這件東西，見是一個用青玉雕成的獸形，四足伏蹲，大眼粗眉、彎角卷耳，前足有羽翼紋，後足有火焰紋，嘴裡叼著個圓形小碗，後背有個圓孔，兩前足之前刻有「乾隆年製」的四字隸書款，整體約有巴掌大，造型古樸奇特。

他仔細看了好幾遍，才敢開口：「這是件異獸水注硯滴，這種異獸是吉祥的象徵，在明代很常見，底下的四字款應該是後刻上去的，因為有些筆劃刻在了花紋上，所以很可能是雕成之後先拿到皇宮裡、得到肯定之後再刻上底款。」

林教授眼裡略有驚奇之色，但也沒說話。

田尋接著說：「硯滴這東西存世量不大，收藏者也比較稀少，聽說很多大鑒定家也不敢輕易下結論，材質又是青玉的，就更難鑒定了。」

林教授微點點頭，這時田尋又說：「當然在林教授來看，鑒定這件東西應該不是難事。我雖然沒那個功力，但我從一點可以看出，這件硯滴必定是真品。」

王全喜和林教授幾乎同時說：「從哪一點看出？」

田尋笑著說：「林教授家裡有這麼多豐富的藏品，既然把這硯滴擺在博古架比較顯眼的地方，那當然是真品，如果是贗品，林教授肯定扔在牆旮旯了，還能擺在博古架上，豈不讓人笑話林教授？」

林教授和王全喜對視一眼，都哈哈大笑。

王全喜對林教授說：「怎麼樣？田先生不但懂古玩，而且心思縝密、頭腦靈活，現在這樣的年輕人可不多了！」

林教授說：「我的考古隊正需要你這樣的人。實不相瞞，我最近正在研究有關太平天國洪秀全陵墓的課題，透過資料，我覺得很有可能就在浙江湖州的毗山一帶，此次考古隊目的地也正是那裡，希望你能跟隨同行。」

田尋連忙答應：「沒問題，我還從來沒有參加過正式的考古隊，這次也算是開開眼界、長點見識。我已經和單位打過招呼，多請了十幾天假。」

正說著，從客廳樓梯下來一個年輕女孩，這女孩還穿著睡衣，只見她頭髮蓬亂、睡眼惺忪，看到客廳裡的王全喜和田尋，邊打呵欠邊說：「這麼早就有人來，真是的，啊……呵……」

王全喜連忙打招呼：「你是小培吧？好多年沒看見妳了，都長成漂亮大姑娘了啊！」

這女孩正是林教授的女兒林小培。

林教授說：「小培，這是妳王叔叔，小時候還總抱妳呢！」

小培勉強給王全喜擠出一絲笑臉。

林教授皺著眉：「快回去換件衣服，像什麼樣子！」

小培又看了看田尋，見他衣著普通、長相一般，連第二眼都沒看就轉身回了屋。

王全喜嘿嘿笑道：「真是女大十八變、越變越好看。」

林教授說：「唉，我這個女兒太讓我頭疼了！自從他媽死後就沒聽過我的話，讓她往東，她偏往西，一點辦法也沒有！」

王全喜說：「小女兒都這樣。對了，考古隊什麼時候出發？」

林教授說：「你們的裝備都齊了嗎？如果齊了的話，隨時可以。」

王全喜說：「裝備已經快齊了，三天之後就能出發。」

又聊了一會兒，又見林小培穿著件漂亮的連身短裙，拎著小包走出來，林教授問：「妳又要去哪兒？還沒吃早飯呢！」

林小培連頭也沒回：「不吃了，我要去朋友家玩。」

這時王全喜也站起來：「我們也要回去了，三天之後我就安排田尋同行。」林教授點點頭，起身送到門口。

田尋和王全喜往外走，林小培邁著輕快的步伐走在前面，邊走邊往包裡塞手機和鑰匙，忽然一串鑰匙掉在草地上，可她並沒看見，直向那輛紅色保時捷走去，田尋連忙撿起鑰匙叫道：「等一下，鑰匙掉了！」

林小培連忙站住，低頭看包裡果然沒了鑰匙，衝田尋說：「快拿來給我！」田尋把鑰匙交給她，王全喜在後面看得清楚，暗想：這孩子果然讓林之揚嬌慣得夠可以的，連「謝謝」也不會說。

她用鑰匙上的遙控器點著保時捷的引擎，剛拉開車門，忽然回頭向田尋伸出雙手，笑嘻嘻地說：「寶貝快過來，我帶你去玩！」

田尋頓時愣住，一時沒反應過來，林小培有點不耐煩：「快點啊，再不聽話我可打你了！」

田尋更是一頭霧水，紅頭赤臉地僵在當場。

這時林教授在院子裡問：「妳又要帶狗去哪裡玩？」

林小培氣急敗壞地說：「這討厭傢伙從來不聽我喚，昨天還差點咬了我，乾脆明天給二哥送回去算了，一點也不好玩！」

田尋回頭一看，卻見身後有條約克犬正站在犬舍旁邊警戒地看著林小培，心裡才知道原來她是在叫這條狗，不禁尷尬至極。

林教授笑了：「這狗是妳二哥養了好幾年的，哪能立刻就聽妳的話？」

田尋見那條狗無動於衷，於是他走過去蹲下，右手假裝握物對狗說：「聽話，聽話就給你好吃的。」

約克犬見這人和善可親，警戒性消除了一半，慢慢把頭低在草地上看著他。林小培大為驚奇：「咦，寶貝認識你嗎？牠怎麼會聽你的話？」

田尋回頭說：「約克犬生性忠誠警戒，不能對牠太強硬，得慢慢哄才行。再有，牠脖子下面的頸毛很敏感，妳平時多撓撓就能討好牠。」說完，田尋慢慢伸手去給狗抓癢，約克犬閉著眼睛似乎很享受，尾巴也不停地搖來搖去。田尋站起來後退：「寶貝過來，到這兒來！」說也奇怪，約克犬慢慢跟著他走。

林小培高興極了：「快帶牠到我車裡來！」

田尋引著約克犬到車門附近，但牠並不上車，林小培焦急地說：「快到車裡坐著，牠不肯進來！」

田尋無奈只得拉開右側車門進來坐下，將約克犬引進來，抱牠在坐椅上後自己又下了車。林小培剛進來關好車門，那狗又隔著車門朝田尋連吠，林小培罵道：「別叫了，再叫打扁你！」越罵狗越叫得響。

第五章　刁蠻公主

林小培無奈，從車窗探出頭來：「喂，你還是上車吧，牠不肯跟我！」

田尋心想：我真是沒事找事，成了給你馴狗的了，卻又不好意思推辭，只好又進到車裡。那狗連忙跳到田尋腿上，搖尾巴舔臉十分親熱。

汽車消失得無影無蹤後，林教授來到他旁邊，說：「現在你知道這孩子的脾氣了吧？簡直就是個公主，誰也管不了。」

王全喜嘿嘿一笑：「看來平時也夠你受的。我自己先回去了，出發前我會聯絡田尋。」

林教授說：「這年輕人學識不錯，人也聰明，有他同去也能添些力氣。」

王全喜詭異地笑著：「一旦有了意外，他還是個很好的替罪羊！」兩人相視而笑。

第六章　護花

汽車一路疾馳。

田尋面有難色地說：「林小姐，我和王先生還有事呢，妳還是讓我下去吧！」

林小培不以為然：「你是說那個王叔叔，不用管他，一會兒到了我朋友那兒，你自己再回去嘛！」

這女孩十分自我，好像全世界的人都是她的跟班，田尋極討厭這種富家小姐，但看在林教授面子上又不好翻臉，只好忍著。

林小培又問：「你來我家有什麼事呀？」

田尋說：「我受林教授的委託，三天之後要去湖州進行考古考察。」

林小培哦了聲，顯然對考古無甚興趣。

她的保時捷車速很快，又把音響擰到最大聲音，還隨著節奏不住地搖頭扭腰，狂野的音樂震得田尋心臟難受，那約克犬也煩躁地狂叫，當然都被音樂聲淹沒。

轎車開到一處豪華別墅區，這裡也是綠樹成蔭，漂亮的花園別墅坐落其間。車停在一座別墅門口，可算熬到了頭。林小培停車後自顧下車走進院內，田尋抱著狗

第六章　護花

幾乎是駕著雲從車裡出來。

林小培還不住地催他：「快點呀，比蝸牛還慢。」

田尋氣得要死，心想你還真把我當家丁了。

這別墅院子很大，草地上停著五、六輛高級敞篷轎車，林小培逕自進到別墅，左穿右穿走進後院，後院的草坪更大，幾乎像個足球場，草地上有兩張桌子，幾個衣著時尚的男女都坐著喝酒聊天。一見林小培進來，有個身材高大的帥哥連忙打招呼：「我的大美女，妳可算來了，怎麼樣，那寶貝聽妳的話了嗎？」

林小培得意洋洋：「當然了，你看我都把牠帶來了。」

田尋把狗放在地上，那幾個男女看了看田尋，見他衣著普通，還以為是她家新雇的園丁，一個長得流裡流氣、臉上有條刀疤的人笑著說：「小培，妳說的是牠，還是他啊？」說完用下巴指了指田尋，幾個人都哄堂大笑。

田尋氣得狠狠瞪了那人一眼，那人立刻收起笑容，臉上露出陰狠神色：「你他媽的看什麼？再看我挖出你眼珠子！」

田尋怒道：「你說誰？」

林小培連忙說：「哎呀，你們別鬧了，拿人家開什麼玩笑？」

一個化著煙燻妝、穿著極低胸上衣的女孩笑著問：「小培，這人是誰呀？真有

意思。」

林小培說：「他啊，我也不認識。」

大家都感奇怪，這女孩問：「妳也不認識？那怎麼帶他來的？難道是路邊要飯的嗎？哈哈！」

田尋實在受不了這種奚落，轉身就走。林小培連忙拉住他：「哎，你先別走啊，讓他們看看你是怎麼馴狗的。」

田尋冷冷地說：「對不起，我不是來給妳馴狗的！」說完就向大門走去。

那刀疤臉猛地抄起桌上的酒瓶向田尋扔去，旁邊那女孩一聲驚叫，田尋下意識回頭去看，「啊」地忙抬手擋，酒瓶砸在他右臂上碰得粉碎，鮮血流出。

田尋驚道：「你幹什麼打人？」

林小培也吃了一驚，她生氣地說：「你幹什麼，為什麼打人家？」

刀疤臉沒打中田尋腦袋，有些興趣索然：「也沒什麼，就是看他不順眼，所以想打他，怎麼了？大不了跟你爸爸說，明天就讓他滾蛋。」

林小培掏出手帕給田尋擦血，田尋躲開，指著那人大聲說：「你說清楚，為什麼打我？」

旁邊那女孩笑了：「你還問啊？快走吧，免得又挨打。」

那刀疤臉臉上肌肉抽搐，慢慢站起來，向田尋走去。那女孩神色有點慌張，連忙向林小培使眼色。林小培走上來笑著說：「阿虎哥，你幹嘛呀？還沒完沒了的，算了吧！」

這人一推林小培，來到田尋面前，皮笑肉不笑地說：「想知道我為什麼打你是嗎？」剛說完，他猛地一抬左手似要出拳，田尋連忙抬手擋，那傢伙卻根本沒動，後面那幾個男女大笑起來，好像在看耍猴。

這人嘿嘿一笑：「其實我這個人心眼不錯，平時很少打人……」還沒說完右拳又已揮出，田尋正在聽他說話，根本沒任何防備，這一拳打得鼻血直流，田尋大怒，撲上去揮拳就打，對方靈活地躲開，左肘又擊在田尋耳根，打得他腦袋嗡嗡作響。

桌邊那高大帥哥還在叫好：「阿虎，打得漂亮啊！」旁邊的約克犬見田尋挨打，跑到阿虎腳邊不停地狂叫，一個女孩說：「喂，阿虎，你看你把那條狗都惹生氣了！」

那人嘿嘿一笑，又朝田尋掄拳，田尋低頭繞到他背後想逃開，卻看到那人後背皮帶上插著一根烏黑的金屬棒。田尋順手抽出來，就知道這是時下很流行的防暴武器「甩棍」，他也沒猶豫，輕輕甩開棍頭，巴掌長的棍子登時變成了四十多公分。

田尋掄棍就打，正砸在那人後腦上，那人慘叫著倒地，捂著後腦爬不起來。

眾人齊聲驚呼，那高大帥哥立刻推翻桌子，衝上來就要動手，林小培見事態鬧大，連忙站在田尋身前，大聲說：「別鬧了！你們知道他是誰嗎？」

那帥哥怒道：「管他是誰，打了我朋友就不行！」

林小培說：「他是我二哥請來的朋友，專門幫我爸爸物色古玩的，你要是再難為他，到時候我二哥找你麻煩我可不管！」

一聽這話，那帥哥臉上頓時變色：「什麼，妳二哥林振文的朋友？真的？」

林小培也生氣了：「我騙你幹什麼？你還真把他當成我家的花匠了，現在可好，阿虎哥打傷了人家，明天我二哥肯定會找他算帳的！」

那帥哥見林小培不像說謊，心裡也沒了底，他拉起阿虎，說：「阿虎，這小子是林振文請來的人，算了吧！你也是，天天惹事都嫌不夠！」阿虎捂著後腦，顯得痛苦不堪，那甩棍是用高碳鋼製成，以前是美國特種員警專用防暴武器，能輕易打碎人身上的骨頭，這一下顯然打得不輕。

帥哥瞪著田尋說：「小子，下手挺重啊！」

田尋用胳膊擦著鼻血，恨恨地看著他。

帥哥指著田尋：「小子，算你有運，以後再找你算帳！」說完扶著阿虎進屋去了，另幾個女孩也跟著。

林小培長出了口氣，用手帕給田尋擦臉上的血，田尋搶過手帕堵住鼻子，恨恨地說：「是他打我在先，你也看到了，我可不希望再惹麻煩！」

林小培連忙搖手：「沒事沒事，那傢伙雖然狠，卻最怕我二哥了，他骨折也沒什麼，反正他平時也總打架受傷，我送你回家吧！」

田尋說：「不用勞妳大駕了，我自己有腿！」說完轉身就走。

林小培追上他，說：「你別生氣嘛，是我不對，我送你去醫院吧！」

田尋說：「我死不了！」

林小培自覺理虧，硬拉著他進了自己的車向醫院駛去。

到了醫院也不用掛號，護士連忙給處置、上藥，又用鉗子將右臂裡的碎玻璃挨個拔出。那護士偏巧還是個四十幾歲的老大姐，一面拔碎玻璃還不停地教訓田尋：「你們這些年輕人呀，動不動就打架，難道就不能克制下自己？」

田尋說：「不是我惹事，是別人惹我。」

那護士大姐說：「我太瞭解你們了，針鼻兒大的事也能打起來，唉！」

田尋知道跟她沒法說，只好裝作聽不見。

包紮完事後，田尋和林小培坐在走廊長椅上休息，那約克犬在兩人腳邊挨挨擦擦，竟然親密了許多。

林小培抱起牠，說：「你這個討厭鬼，今天怎麼變乖了？」

田尋問：「妳平時交的都是這種朋友？」

林小培把狗放在腿上，說：「才沒有啦！那個阿虎是西安的地頭蛇，平時在酒吧和夜總會裡霸道慣了的，要不是我抬出我二哥來，恐怕他今天是不會放過你的。」

田尋哼了聲：「這麼說，我是不是還要感謝妳林大小姐？」

林小培一撇嘴：「人家都已經說過對不起了，你幹嘛沒完沒了的！」

田尋氣得想笑，心說這林大小姐還真夠頭疼的，看來她平時很少說「對不起」三個字，今天已經算很給面子了。

他說：「妳回去吧，我沒什麼事，一會兒我就自己回旅館了。」

林小培抱著狗站起來：「真的？那我可回去了，他們肯定都在背後埋怨我呢！」

田尋點點頭，林小培笑著說：「那我走了，改天請你吃飯吧！拜拜！」

說完邁著輕盈的步子走了。

田尋看著胳膊上的紗布，長嘆口氣，心想人要是運氣差，喝涼水都塞牙，偏偏遇上這麼個事，真是倒楣透了。

回到旅館，田尋越想越氣，睡了一下午悶覺。傍晚起來覺得肚子有點餓，就出旅館去找吃的。他住的地方正在西安市中心，傍晚華燈初上，街上很是熱鬧。見對面有家山西刀削麵館，於是想吃碗刀削麵填填肚子。

剛走過路口，忽然有人在身後連按喇叭狂催，他心裡有氣，暗想這今天是怎麼了，誰都跟我過不去？

回頭一看，卻是輛紅色保時捷轎車，林小培從車窗探出頭來，笑嘻嘻地說：「喂，真巧呀，怎麼又碰上你了？」

田尋十分沮喪：「說的也是，我怎麼總能遇到妳呢？」

林小培向他一擺手：「快上車吧，我請你吃飯，剛好有個朋友過生日。」

田尋連忙搖頭：「不用不用，我已經吃過飯了，妳自己去吧，再見！」說完就要走。

林小培下車拉著田尋的胳膊塞進車裡，跟著開動汽車，說：「不行，你一定得跟我走，上午我說過要請你吃飯的，總不能讓你說我小氣吧？」

田尋氣得無奈：「妳是不是很喜歡強迫別人？」

林小培閃著漂亮的大眼睛，驚喜地看著他，：「你怎麼知道的？我爸爸也常這麼說我，哈哈哈！」

田尋徹底被打敗，他說：「妳朋友過生日我也不認識，人家問我是誰？」

林小培說：「哎呀，你就說是我朋友嘛！反正我朋友很多，他們也不一定都見過的。」

田尋心想：那我不變成蹭飯的了。

不大工夫，汽車在一間豪華KTV門口停下，服務生殷勤地過來開車門，臉上堆笑：「林小姐，軍哥他們已經在等妳了。」

林小培理都沒理他，拉著田尋走進KTV。

裡面很寬敞，音樂震耳欲聾，燈光幽暗，靠牆幾圈沙發坐滿了人，面前的桌上都是酒瓶和水果，還有幾個人在捲大麻，另一側檯球桌還有人在玩。大家看到林小培進來都大聲招呼，一個身材火辣的美女挽著林小培的胳膊：「小培，怎麼幾天不見，妳又換男朋友了？長得也太醜了點吧，哈哈哈！」大家都起哄地笑。

第六章　護花

一個身材瘦削的男人站起來：「小培，都在等妳了，介紹一下吧？」

林小培說：「他是我朋友田尋，這是軍哥，西安沒有不知道他的，今天就是他過生日！」

田尋和軍哥握了手，見這人雙臂都有紋身，眼神平穩、神態自若，一看就和阿虎那種人不同。

兩人剛坐下，又走過來一人，這人剃著板平頭，肌肉發達，眼睛裡都是陰狠之色，他拎著一瓶奇華士坐到軍哥身邊，死盯著林小培：「大軍，這漂亮妞是誰啊？你也不介紹給哥們認識，太不夠意思了！」

林小培狠狠白了他一眼，轉頭不看他。

大軍說：「小果，這是林小培，本地最大房產老闆林振文的妹妹。」

這叫小果的人哦了一聲：「美女，陪哥哥喝杯酒怎麼樣？」說完就給林小培倒酒。

林小培看他就不順眼，冷冷地說：「沒興趣！」

小果有點不快：「怎麼，我小果敬的酒還沒人敢不喝。」

林小培笑了：「你以為你是誰？全西安的老大嗎？我偏不喝，你能怎麼樣？」

小果臉上肌肉抽搐，反手緊握酒瓶，看著林小培不說話。田尋心想：這傢伙倒

和阿虎是同路貨，看來多半又要鬧事，他連忙岔開話題：「軍哥，今天是你生日，可我也沒什麼準備，就敬你一杯酒吧！」大軍高興地倒了兩杯酒，兩人一飲而盡。林小培拉著大軍說：「來，我們去打檯球！」大家哄然附和。

林小培先和大軍打了一局，她的球技很差，大軍打得索然無味，對田尋說：「哥們來打一局！」

林小培把桌杆遞給田尋，說：「軍哥可厲害呢，你要小心啦！」

田尋心想：憑我這全瀋陽業餘組第一的水準贏他太輕鬆了。

行家一伸手，就知有沒有。大軍開球之後，田尋剛上手擊球就開始引人注目。只見田尋高低杆輪用、左右旋齊出，轉眼間已經清空了桌上的全部彩球，大軍居然沒有上手的機會。

當擊落最後一顆黑球後，四周爆起滿堂彩，林小培挽著田尋胳膊直跳腳，欣喜地說：「你真棒！」

大軍拍著田尋肩膀：「沒想到哥們這麼厲害！小果，你不總是說找不到對手嗎？敢不敢跟田兄弟比劃比劃？」

小果不以為然：「我他媽怕過誰？來就來！」

大軍說：「光打沒什麼意思，咱們下點賭注吧，我賭田兄弟贏，每局五千，大家隨便下注啊！」中國人向來愛賭，立刻就有人參加，轉眼間已有六人賭田尋，另有四人賭小果。

林小培很討厭這個小果，她對田尋說：「千萬別手軟，多多地贏呀，我可是賭了你的！」田尋笑笑，心想真是怕什麼來什麼，贏他怕這傢伙惱怒，不贏又害大家輸錢。

第一局交手，田尋就看出這傢伙球藝不如自己，但他還是故意輸了一局，大軍和小培等人都不高興，大軍說：「兄弟，你怎麼搞的？好像心不在焉似的，打他啊！」

小培也撅起嘴：「你怎麼輸了啊？真笨！」

小果他們倒是得意洋洋，眼含輕蔑之色。

田尋見激起民憤，也就不好再放水，於是接連三局，白球的走位幾乎像用手擺的一樣，小果幾乎沒還手，就已經輸了一萬五。賭他贏的那幾人邊掏錢邊埋怨，小果臉色難看，用眼睛直瞪田尋。

大軍和林小培賭得興起，還要繼續，田尋連忙說：「不玩了，今天我球運好，贏了幾局，再打恐怕就要輸了！」

林小培賺足了面子，十分高興，她親熱地挽著田尋，和大軍等人準備回座位。

忽聽小果說：「贏了錢就想溜，把我小果當明燈是不是？」

大家都回頭看，田尋說：「那你說什麼辦？」

小果說：「要麼接著打，要麼把錢給我退回來！」

田尋笑了：「我又沒往口袋裡裝一分錢，怎麼退給你？你向他們要吧！」他想把火力轉移給眾人。

果然，小果沒辦法朝眾人要錢，他在大庭廣眾之下丟了面子，指著田尋罵道：「我只管你要錢，你他媽的存心耍我！」

林小培還沒見過這麼不講理的，於是大聲說：「你贏了知道收錢，怎麼輸了還往回要？要不要臉？」

小果破口大罵：「妳他媽算什麼東西，哪兒冒出來的臭婊子？」

林小培哪挨過這樣惡毒的罵，氣得差點哭出來，大聲道：「你敢罵我？」

小果走到她面前：「我他媽還要打妳呢！」

說完抬手就要打她。

第七章　民間考古隊

田尋早有提防，一伸手扳住他胳膊：「你打女人，不覺得丟人嗎？」這小果身材強壯，他反手勾過田尋手腕，啪的一拳打在他臉上。林小培上去就要抓小果的臉，田尋怕她吃虧連忙擋在她身前。

小果嘿嘿笑著：「小子，今天該著你倒楣，我要是不打扁你，就他媽的算我小果白混！」

田尋盯著他眼睛，慢慢地說：「你一個大男人，在人家過生日時候欺負女孩，就不怕別人笑話？」

小果大罵：「我操你媽的，誰他媽敢笑話我？」

田尋這句話起了作用，大軍慢慢走到小果面前，說：「小果，願賭服輸，你輸了就是輸了，憑什麼朝人家要錢？我贏的錢可以還給你，可今天是我生日，你當著我這麼多朋友的面打一個女孩，太說不過去了吧？人家田兄弟不會打架，都知道保護女朋友，你怎麼越混越倒退了？」

小果怒火上撞：「你他媽少來教訓我！你算老幾？」他身後幾個人也都過來把

大軍團團圍住。

大軍毫不在意，笑著說：「今天是我生日，希望別在這裡鬧事，如果你不服氣，明天可以來找我，咱們好好聊聊。」

小果指著大軍鼻子：「聊你媽！我今天就給你過生日！」

說完抬腿就踹大軍的肚子。大軍側身雙手抓住他腳腕猛向前送，小果踉蹌幾步差點摔倒，他一揚手大叫：「給我動手！」

身後一個黃頭髮小子拔出尖刀衝到大軍跟前剛要扎，不知從哪兒飛來一個酒瓶正落在他頭上，打得那黃毛小子捂臉大叫，大軍一聲呼哨，兩夥人頓時打了起來。

田尋連忙拽著林小培往外衝，四下裡酒瓶亂飛、乒乒乓乓，剛衝到門口就有酒瓶飛過來，田尋一按林小培腦袋，酒瓶砸在牆上粉碎，林小培尖叫一聲捂住腦袋，田尋說：「沒打著妳，快跑！」

一個小子罵道：「你他媽往哪兒跑？」從後面死死勒住他的脖子，田尋雙手亂揮，林小培見狀順手從吧臺舉起一個酒瓶，砸在那小子頭上，那小子沒防備還有這手，大叫著捂腦袋蹲下，田尋拉著林小培落荒而逃。

兩人跌跌撞撞地總算逃了出來，幾十個服務生和保安衝進去拉架，裡面亂成了一鍋粥。

林小培邊跑邊笑，覺得非常刺激好玩，田尋叫道：「快上車走！」兩人用最快的速度爬進車，發動引擎就衝上街道飛速駛離。

田尋捂著被打青的眼睛斜眼看著林小培，她還沉浸在剛才打人的英勇行為中，邊開車邊興奮地咯咯嬌笑，田尋說：「喂，妳沒事吧？有那麼好玩嗎？」

林小培還在笑著：「太好玩了，真是刺激極了！說真的，我從來沒有打過人呢！」

田尋指著自己的眼睛說：「我都讓人打成熊貓了，妳還覺得好玩？」

林小培笑著說：「我知道你是大英雄，今天要不是你兩次護著我，我就吃虧了！」說著她把車停在路邊。

田尋前後看了看：「怎麼在這裡停下？」

林小培一反常態，很認真地看著田尋：「喂，我問你：剛才你攔著那傢伙，就不怕挨打嗎？」

田尋說：「我現在不也挨打了嗎？」

林小培靠在坐椅上，慢慢地說：「你知道嗎？很多人表面尊敬我，無非都看我爸爸，或是我二哥的面子，其實他們都瞧不起我，說我是千金大小姐，什麼能耐也沒有。只有你真心保護我，真心對我好……」

聽了她的話，田尋有點不知道說什麼好，他想說剛才只是看不過眼而已，並不是什麼真心對妳好，可又不忍說出口。正在想該說什麼，忽然林小培俯身起來，摟著田尋的脖子給了他一吻，田尋很意外，林小培又咯咯笑著發動汽車，就像什麼也沒發生，只是臉上微紅。

她把田尋送到旅館樓下，田尋對她說：「妳要是真把我當朋友，就聽我一句忠告：離那些不三不四的人遠點，跟他們學不到好東西。」

林小培委屈地說：「可我只認識這些人啊！他們大都是我的鄰居，很多人都是透過他們介紹的。」

田尋揉著眼睛說：「妳應該多結識些有文化、有素質的朋友，比如學者、畫家、書法家、作家什麼的，從他們身上妳能接觸到很多好習慣和好的興趣、愛好。」

林小培笑嘻嘻地靠在他肩膀上：「那我認識你算不算呢？」

她的臉離田尋很近，田尋聞到她身上淡淡的香味，看著她那雪白細嫩的肌膚，不覺有點尷尬，笑著說：「我又不是學者，妳跟我學不到什麼，只不過是個窮編輯罷了。」

林小培慢慢把嘴湊到他耳邊，田尋覺得心頭狂跳，她輕輕地說：「我就喜歡你這個窮編輯！」

田尋臉紅得到了脖子根，林小培看著他的窘相，笑得渾身直顫：「你個大男人也害羞呀？」田尋恨不得立刻在她眼前消失，連忙打開車門說：「我回去了，妳路上慢點開車，可別再超速了。」也不等她回答，就快步朝旅館走去。

身後遠遠傳來小培的聲音：「從湖州回來別忘了找我，我們一起去玩！」

汽車開遠了。田尋回到旅館房間，躺在床上心裡還回味著剛才那一吻，還有那句熱得發燙的話似乎還迴響在耳邊。

他想：我和林小培根本就是兩種人，她是富家千金，我只是普通得不能再普通的人，這又不是拍電影和寫小說，我們是不可能的……

第二天晚上六點，天剛蒙蒙黑，田尋接到王全喜的電話來到盛芸齋，他已在門口等候，對田尋說：「考古隊的其他成員都在我店裡，今天特地給你介紹一下。」

進了裡間屋，只見屋裡早備好了一桌豐盛的酒菜，另有四人在座。王全喜和田尋入席後，他開始介紹說：「這位就是我說過的田尋小兄弟，前幾天幫過我的忙，而且已經和林教授見了面。田兄弟對古玩文物等也頗有研究，今晚特地請來和各位

聚聚，大家互相熟悉一下。」田尋和其他四人分別握了手。

王全喜又說：「這位是我的老朋友程思義，他在家裡排行老四，所以我們都叫他程老四，你就叫程哥吧！老程是南方一家很有實力的民間考古研究所的所長，熱愛考古工作，擅長文物鑒定，同時也是這次民間考古隊的隊長；這位是大老李，專搞土木工程的，因為有點禿頂，咱們都叫他禿頭；這位是王援朝，和禿頭是十幾年的鐵哥們兒，因為長得胖，得了個胖子的外號，他的本行是機械和軍工工程；這是東子，年紀比你小三歲，剛從上海轉業回來，以前是防暴員警。」

田尋一一和四位握過手，說：「聽王大哥說，他受一位老朋友之托，要成立一個民間考古隊，如果各位不嫌我礙手礙腳的話，我很希望能隨隊一同長長知識。」

那叫東子的人夾了口菜，輕蔑地說：「想加入咱們，那你會什麼，會打架，還是會開槍？」

田尋看了他一眼，說：「不好意思，我既不好打架，也沒開過槍，但玩具槍除外。」

眾人都笑了，那程哥笑著對東子說：「你懂什麼？田先生對古董瓷器頗有研究，年輕有為，實在是個人才，哪像你就知道打架？不知田先生主要研究什麼朝代的古玩？」

田尋說：「程哥過獎了，我只是一個古籍雜誌社的編輯，對古玩一行只是個人愛好，談不上啥研究。平時我都是借著出差的機會，去全國各地的文物市場看看，和朋友們互相以鑒定古玩為樂，要是說個人偏愛，我還是比較喜歡漢代的玉器和元朝的瓷器。」

程哥說：「哦？太巧了，我也喜歡收藏漢代的玉器，那田先生對『漢八刀』風格怎麼看？」說著掏出一個玉雕成的蟬，「這只玉蟬是我在一次考古工作時，從一座東漢墓葬出土的，形狀古樸，線條簡單，總共不到十幾刀的雕工，依我看，應該算是『漢八刀』的手藝。」

田尋接過玉蟬，只見是一只白玉雕成的蟬，顏色白中略帶青，表面有一些鮮紅的沁色。他仔細看了一會兒，說：「程哥，『漢八刀』這種說法不知道源於什麼時候，多數人認為是雕工簡單、明快之意，但依我個人看，這『漢八刀』的意思，應該是一種類似對稱的雕刻形式，而不是說這件東西有多簡單。」

程哥和王全喜聽了，都覺得好奇，王全喜問：「哦？那倒請田兄弟說說。」

田尋說：「很多人認為，古人下葬時都會臨時訂做一批玉器，如果雕刻時間長了，恐怕人都爛得差不多了，所以就簡化了雕刻技巧，越簡單越好，一些雕工古樸的玉蟬、玉豬、玉龍等就大批出現了，因此不知哪位給起了個名叫『漢八刀』，這

種認識也占絕大多數。但我看來，根本就是兩碼事，首先在中國人的傳統習慣裡，三已經是個大數的象徵了，比如『再三』，九是最大的陽數，這個八只比九小一位，能用來象徵『少』嗎？很多人在形容多的時候，經常會說『我都等了八個小時了』、『再過八輩子也發不了財』之類的話。在《說文解字》裡，八還有一個意思是『分別相背之形』，也就是對稱的圖案，因此我看這漢八刀的意思，就是僅僅指在玉蟬或玉豬的背部施以『八分相背法』的雕工而已。」

程哥點點頭，說：「田先生的見解獨到，令人欽佩。來，我先敬你一杯。」田尋舉起杯，六個人碰了杯酒。

田尋說：「其實對於『漢八刀』這個詞說法不一，我這看法也是個人之見，讓大夥見笑了。」

程哥笑了，說：「田先生太客氣了。」

田尋又說：「我有句話不知該不該說？」

王全喜忙說：「說，客氣什麼？在這裡就是我的朋友，不必多慮。」

田尋說：「如果我沒看錯的話，這只玉蟬是假的。」

程哥臉上變色，不快地說：「田先生這是看不起我們這些民間考古人了。這玉蟬是我從漢墓裡親手挖出來的，難道還有假不成？」

王全喜也說：「就是，小兄弟，老程是搞文物的行家，你可別亂說啊！」

田尋笑了：「那就當我得罪程哥了。不過假的，就是假的，首先這個玉的顏色，漢玉分四種，其中葬玉因為上千年在埋潮濕環境中，潮氣浸入玉的肌裡，玉色應該發烏，就是用熱水煮上一年也不會變色；再有這沁色，顏色太鮮豔，而且呈霧狀，沒有過渡的色，也值得懷疑。」

說完，田尋用食指在酒杯裡蘸了些高度的西鳳酒，在沁色上用力來回擦了一會兒，將手指翻過來一看，指頭上立刻出現淺淺的紅色。

田尋說：「這種沁色是用特製的藥水點在玉表面形成的，它的特點是能夠擦出色來，以此來看，這玉蟬十有八九是贋品。」

桌上五個人互相對視了一眼，忽然都大笑起來，田尋心裡奇怪，程哥笑著給田尋倒了杯酒：「田兄弟你別在意，剛才是我和老王有意要跟你開個小小的玩笑，為的是試一下你的眼力，其實咱們這也是多此一舉，這種東西哪能逃過田兄弟的眼睛？哈哈哈，來，慶祝田兄弟正式加入我們考古隊，乾一杯！」

一輛微型麵包車行駛在從南京開往湖州的公路上。車裡一共六個人，除了司機外，其他五人每人身邊都有一個大包袱，鼓鼓囊囊的不知道裝的什麼。此時正值下午，坐長途車是件相當無聊的事，所以五個人都靠在椅背上打呼嚕，也真不巧，這段路面上盡是大大小小的石塊，在麵包車一起一伏的顛簸下，幾人時不時被顛醒。

一個二十來歲的小夥罵道：「這哪兒是坐車啊，簡直就是他媽的坐電椅！連打個盹也不讓人安生，這叫什麼事兒啊！」

另一個年紀較大的中年人在顛簸中費力地點了根煙，吸一口說：「東子，你就別發牢騷了，咱們又不是來旅遊的，將就點。」

另一個穿灰襯衫的禿頭對麵包車司機說：「我說哥們，這一級公路上怎麼這麼多石塊？還不如村裡的土路呢！」

司機是個四十來歲的男子，臉上都是風吹日曬的皺紋，操著濃重的遼西口音說：「這附近可能是有建築工地，運石料的車天天打路上過，肯定是從車上掉下來的石頭塊。」

禿頭又問：「還有多長時間到地方？」

司機說：「快了！再有倆點兒就差不多了！」

東子不耐煩地問：「什麼叫倆點兒？」

那年紀較大的人說：「東北方言，『倆點兒』就是兩個小時。」

了。

　　東子撇了撇嘴，嘟囔說：「還得忍兩個鐘頭，沒勁。」換個姿勢繼續打盹去

　　禿頭朝車窗外看了看，說：「車老闆，現在到宜興了吧？」司機說：「沒錯，這就是宜興！」

　　那年紀較大的人說：「怎麼著？你還想下車買幾個紫砂壺回去喝茶水啊？」

　　禿頭笑了：「得了吧，我可沒那雅興，就算給我個紫砂壺，頂多我也是裝礦泉水喝。哎，我說車老闆，聽你口音好像是遼西人哪？」

　　司機笑著說：「可不是嗎？俺是朝陽葉柏壽人。」

　　那中年人說：「聽說你們朝陽有座化石山，相當有名了。」

　　車老闆說：「那可不，朝陽北票化石山，誰不知道？全國都有名！」

　　中年人說：「那化石山現在還有人挖化石嗎？」

　　司機邊開車邊嘿嘿笑說：「把『嗎』字去了，天天都有人挖！那一帶的山頭都給人挖平了。俺家附近十里八村的人早就不下地了，天天就是兩地方：化石山、古墓坡，每月的收成比種地可多去了！」

　　那中年人說：「是嗎？我記得幾年前化石山上就有一大批當地農民天天在山裡頭挖古生物化石，沒想到現在還在挖。」

司機說：「可不是嗎？不過現在化石都挖得差不多了，不像四、五年前那陣子，那時候多好啊！一鍬下去就能整出個狼尾魚、總鰭魚了啥的，最少還不賣個千八百的，打一坰地才賣多錢？要是趕上點子正，挖出個始祖鳥來，那就妥了，一兩年都不用幹活了，天天坐炕頭上喝小酒。」

禿頭說：「是啊！那他們挖出來的東西都賣給誰呢？有人收嗎？」

司機說：「咋沒人收呢？老鼻子化石販子在那兒等著了！只要你能挖出來好東西，離老遠兒一招呼他，他麻溜就過來給價，當時就點錢。」

中年人來了興趣，問道：「那你挖過沒有？」

司機憨笑起來，說：「咋沒挖過呢？不挖這麵包車拿啥買呀？」

車上一個穿白背心的胖子拿司機尋開心：「喲呵，敢情你這麵包車是挖化石換來的呀？那你的老婆也是拿蟲子換來的吧？」

車上幾人都樂了，司機卻一本正經地說：「可不咋地啊？俺挖了半年化石就賺了六萬多塊錢，那一年裡俺不光娶了媳婦，蓋了新房子、餵了十幾口豬，俺還買了車到浙江來跑運輸，這都托化石的福哇，哈哈！」

車上的人都不笑了，胖子感嘆地說：「程哥，現在的人可真是『豬往前拱，雞往後刨』，各有各的道啊！」

那叫程哥的中年人說：「可不是嗎？早知道咱哥兒幾個就來這兒發財了。」

第八章　湖州毗山

司機得意地說：「那陣子，錢賺的可真叫一個舒服，開始的時候挖出來啥都賣，基本上一鍬下去，最次也能刨出個三葉蟲來，雖說收的價不高，才五塊錢，那也足夠一天的飯錢了！到後來這心氣兒也高了，知道那魚啊、鳥啊、龜啊啥的值錢，整出來一看，三葉蟲，刷傢伙往腦袋後頭一扔，瞅都不瞅了，低頭接著挖！」

禿頭笑了：「是嗎？便宜東西都瞧不上眼了？」

司機說：「可不？到後來就有一夥歲數大的，專門在山上撿咱們扔不要的小化石，賣個小錢，一個月下來也能對付好幾百塊呢！唉，好時候過去了，現在可不行了，山都快挖出一個大洞了。」

禿頭問：「那你現在怎麼不挖了？」

司機說：「不能再挖了，再挖就得把命搭進去了！」

禿頭問：「為什麼？」

司機說：「有的山坡給挖得石頭都鬆了，總塌山，這半年多就因為塌山砸死不少人，我現在是不整了，反正俺也整夠本兒啦，讓他們瞎鼓搗去吧！」

程哥點點頭：「是挺危險的。幹什麼生意都不能趕尾巴，等所有人都幹上了，你就得撤出來，這才是聰明人。」

胖子看了看程哥，又問司機：「哥們，那你們朝陽現在挖古墓的多不？」

司機最怕的，就是開車時沒人說話，尤其是跑長途，一聊起天來就覺得時間過得快多了，此刻他談興正濃，一提古墓更來了勁：「多，賊多！現在挖古墓就跟頭幾年挖化石似的，一撥一撥的，都跟古墓幹上了！聽人說俺家朝陽北票那疙瘩幾百年前是啥遼國的地盤，遼墓可多了，尤其在古墓坡那一帶，都是古墓，這半年總聽說老誰家挖菜窖，結果一鍬下去，刨出個大官的墓來，你說多不多？可話又說回來，挖墓可比挖化石費老勁了，還得會看地形，會挖坑，還不能叫當官的瞅著，挖出來的東西，咱覺著不值錢，人家就能給個大價兒，咱瞅著像個玩意似的，人家才給幾十塊錢。不過這東西還是比化石值錢，這不，俺家前屋的李大頭，頭陣子聽說幹開一個遼國啥貴族的墓，整出一大堆玩意，他也不懂，讓一個文物販子給一勺燴了，賣了六萬多塊！後來聽說還賣少了。這小子這下可牛了，瞅把他得瑟的，一天到晚手裡拿個破手機在那哇啦哇啦地嘮個沒完，也不知道跟誰倆嘮呢，臭顯擺勁兒吧！」

程哥、禿頭、胖子一聽這話，都不覺動了神色，胖子說：「我說田尋，你家不

是瀋陽的嗎？離朝陽也不遠吧？你去過那化石山和古墓坡嗎？」

田尋坐在車最後排，拿著礦泉水瓶喝了一口說：「當然去過。我有個親戚就在朝陽，以前年我串親戚，還特地去了趟化石山呢，不過那山口有農民把守，如果看見有面生的人進去，他們就懷疑是政府的人或是記者，攔著不讓你進山。」

程哥說：「老闆，政府對這事管得嚴不嚴？」

司機說：「嘿嘿，這事咋說呢？政府畢竟是政府，你總不能在人家眼皮子底下就開幹吧？不過話說白了，政府要是真管，那化石山還能叫人給挖空？就那麼回事吧！你整得隱蔽點，沒事！」

程哥「哦」了一聲，大夥也都不再言語。

司機談興正濃，幾人忽然把話匣子關了，他一時還有點不適應，側頭笑嘻嘻地問：「大兄弟，你們幾個去湖州幹什麼？聽人說頭幾年那裡也挖出來過古墓，不成你們幾個也是想去挖墓的吧？哈哈！」

程哥臉上變色，瞬間又恢復了，閉上眼睛假裝睡著了沒聽見，田尋說：「我們是去考……」

胖子伸手一擺，田尋把後半句硬咽回去了，也跟著裝睡。司機回頭一瞅，沮喪地轉回去繼續開車，嘴裡嘟囔著：「這幫人咋這怪呢？說睡就都睡著了，吃瞌睡蟲了是咋地？」隨後又自言自語地說：「快到了，出了塘棲鎮就到了……巧兒我自幼兒許配趙家，我和柱兒不認識，我怎能嫁他呀……」

兩個小時後，麵包車在路旁停了下來，程哥說：「怎麼，到地方了？」司機憨笑著說：「沒錯，這裡是八里店鎮，再往東就是毗山村，毗山就在那村兒裡頭。」

程哥看了看窗外，道兩旁有幾家旅館和飯店，他遞給司機一百塊錢，回頭說：「胖子，把東子叫起來，要下車了。」

五人各拎包裹下了來，這時已經是晚上七點多，天近黃昏，道兩旁的旅館、飯店、髮廊都點著燈，生意倒也興隆。胖子擦著頭上的汗說：「這才六月中旬就這麼熱？可要了命了！」

禿頭說：「你太胖了，所以才覺得熱，我咋就不熱呢？」

幾人進了一家小門面的旅館，登記了一個有三張雙人床的單間，旅館老闆娘是個三十幾歲的少婦，長得頗有幾分姿色，東子不懷好意地盯著她看了半天，看得那老闆娘渾身不自在，好像自己沒穿衣服似的。這家旅館空間不大，上下樓的人經過一樓的登記口時都得側身而過，程哥在填登記簿時，從樓上下來兩個人，共同拎著一個大包急匆匆地往外走，在樓梯轉彎處刮了一下東子手裡的背包，撞得東子身子一歪，他立刻不高興了，說：「我說哥們，走路不會看著點嗎？趕著投胎是怎麼著？」

這兩人中等身材，看長相應該是兄弟倆，聽了東子拐彎抹角地罵他們去趕死，二人陰沉著臉卻都沒說話。

程哥年紀較大有經驗，知道在外地人生地不熟，還是少惹事為好，於是連忙上前對這兄弟倆說：「二位，二位！別在意，出門在外誰沒有個磕磕碰碰的？我這位兄弟心直口急，你們多擔待點。」

兩人聽了軟乎話，臉上神色顯然緩和了許多，也沒說什麼，拎著包袱徑直出了旅館大門。

五個人登完記，一起往三樓走，胖子說：「剛才那兄弟倆神色不定，看上去怎麼不像正路人呢？」

禿子也說：「可不是嗎？一打眼就知道底兒潮。」

程哥說：「不管他們底兒潮不潮，咱們來這兒不是惹事的，以後像這種情況大夥最好少說幾句。」這句話明顯在說東子，東子把嘴一歪，一副滿不在乎的樣子：

「這要是擱在四九城裡頭，敢撞我的人早被我給花了，操他大爺的。」

禿頭白了東子一眼：「這是浙江，不是你們北京，你先忍忍吧！」

程哥拿鑰匙開門，五人進屋後先將五個包裹放在床下，各用熱水洗了臉和腳後，全都躺下休息。胖子伸個懶腰說：「哎呀我的媽，好吃不如餃子、舒坦不如倒著，還是這床舒服！現在你給我個縣長我都不當，就看著床親！」

禿頭也說：「可不是嗎？從西安坐火車到合肥，到了合肥再坐汽車到南京，從南京再坐麵包車到這兒，這幾天他媽的淨坐車了！可累死我了。」

程哥說：「這裡人多耳雜，大家說話的時候別暴露自己的身份，明白了嗎？」

禿頭喝了口熱水，說：「我說程哥啊，你也太謹慎了，這地方這麼荒涼，沒人認識咱們，咱們用得著顧前顧後的嗎？」

程哥說：「還是小心點好。」

禿頭一翻身，說：「得，我睡覺行了吧？誰也不惹。哎，還是自己作夢娶個媳婦吧！」

胖子譏笑他：「就你那揍性，作夢最多也就是娶個老尼姑！」

禿頭回罵道：「你揍性好？那你老婆怎麼還跟人跑了？」這句話顯然點中了胖子的死穴，他立刻不吭聲了。

東子躺在床上，翻來覆去地說：「這老破硬板床，快趕上前門樓子的青石板硬了！有個黃豆都能把腰眼兒給硌了。」

程哥躺在床上看了看他，笑著說：「東子，你是享受慣了吧？這地方有熱水、有電視、還有床睡，已然很不錯了。」

禿頭也說：「可不是嗎？之前我聽說要到湖州毗山去，我還以為是山區，這不，我連睡袋都準備好了，還指望著在山上打倆野兔烤著吃呢！」

胖子閉著眼睛說：「野兔你是打不著了，不過既然是山，就肯定有石頭，你不如摳點石頭出來，磨成石球在手裡揉著玩。」

大家休息了一會兒，就下樓去對面找了一家小飯館，要了個包間吃飯。這包間十分安靜，此時正是飯點兒，可在這包間裡卻聽不到外面的聲音，而且包間還挨著路旁，五人邊吃飯邊透過窗子，看對面髮廊裡幾個本地的洗頭妹子在路邊嗑瓜子，胖子、禿頭和東子三人開始饒有興趣地評論哪個洗頭妹漂亮，哪個身材好。

田尋給程哥倒了杯酒，說：「程哥，你為什麼選擇了研究太平天國這個課題？」

兩人碰了杯，程哥說：「實不相瞞，我也是受人之托來湖州考查這件事，我有一位老教授朋友，研究了大半輩子的洪秀全、石達開，寫了無數有關論文。去年他的一個同事在國際上發表了一篇論文，說是太平天國的寶藏和洪秀全的陵墓都在南京天王府內的金龍殿，後來那論文還獲了獎，而我這位老朋友卻一直認為應該是在湖州，可苦於有病在身，不能親自來湖州進行考察，十分遺憾，於是他就拿出資金，托我組建一個民間考察隊，來湖州考察一番。」

田尋「哦」了一聲，說：「原來是這樣。為了參加這次考古之行，我特地用了一個月左右的時間讀了很多太平天國歷史文獻，史書上說，太平軍的首領洪秀全占了南京之後，建了一個號稱『小天堂』的天王府，據說相當豪華，金龍殿是天王府的核心建築，地下有藏寶庫，搜刮來的金銀財寶都藏在那裡。」

程哥說：「你說的沒錯，後來史書上說，曾國藩的湘軍破了南京城，挖出洪秀全的遺體，他弟弟曾國荃還找到了大批珍寶，最後又一把大火燒了天王府以掩人耳目，然後偷運回曾家老家湖南。」

田尋說：「我猜也是這麼回事。據說洪秀全稱王之後，在天王府深居簡出，十年都不出府門，如果他不是很怕死的人，那就只能說天王府裡有寶，怕被人發現。

而且有史書記載，有人在曾國荃家裡見到過一件翡翠西瓜，瓜皮是綠的，瓜身裂開了一道縫，裡面是天然形成的紅色瓜瓤和黑色的瓜子，真是件稀世的寶物，而這東西原先是洪秀全的，既然能落到曾國荃手中，就說明湘軍還是在南京找到了財寶。」

程哥點點頭：「有道理，但我們既然受人之托，就來湖州四處查查，我那教授朋友還特別地說，湖州是太平軍攻克的最後一座城池，作為太平軍的大後方，也有將珍寶藏在湖州的道理，尤其他提到了毗山這個地方。毗山三面環水，難攻易守，如果想退的話，從太湖很快就能撤走。而且太湖守將、被封為堵王的黃文金曾在太平天國末期，奉命把洪秀全的兒子洪天貴福接到了湖州，這也許又是一個佐證。」

田尋說：「可是，光憑這些個推理，恐怕不足以成為證據，就沒有一些詳細的、或是具體的什麼東西？」

程哥搖搖頭說：「現在還沒找到。不過那位教授說過，關於洪秀全藏寶的有關細節曾經編成了四句詩，由當時督建洪秀全陵墓的太平軍堵王黃文金掌握，並一代一代傳給最信得過的人，當時埋藏這些寶藏的用意有兩點，一是建成地下的『小天堂』為洪秀全陪葬；二是防止清朝政府得到，日後太平天國如果有復國的那一天，這些寶藏就可以充作軍資，以便復國之用。不過一百多年過去，太平天國復國是不太可能了，可這些寶藏卻還一直埋藏在地下，那四句詩也沒有任何人知曉其內容。在湖州當地有不少關於太平天國藏金的傳說，但大多不足為信，看來我們這次尋寶之行，也不是那麼容易完成的。」

田尋說：「那咱們下一步該怎麼辦？」

程哥說：「聽說那毗山風景不錯，山上有曠遠亭、毗山園、和章亭等建築，山頂還有一座寺廟，我準備今晚就上山，先查看一下地形再說。」

吃過了飯，幾人回到旅館內，程哥讓其他三人留下休息，他和禿頭出來，坐了輛計程車，向毗山駛去。

湖州在杭州北部、太湖之邊，素有「絲綢之府、魚米之鄉、文物之邦」的稱號，文房四寶裡頭，湖州筆、徽州墨、宣州紙、端州硯之首的「湖筆」就產自這裡。

湖州山水清遠、景色秀美，兼又物產豐富、氣候宜人，元朝詩人戴表元曾有「行遍江南清麗地，人生只合住湖州」的詩句，是典型的江南秀美城市之一。這八里店鎮屬於湖州市郊，景色略為荒涼，此時已是晚上九點，從車窗向外看去，黃昏斜陽之中，道邊只有一些兩、三層的私人小樓，再有就是稀稀拉拉的耕地了。

在車上，禿頭說：「程哥，那個姓田的小子可靠嗎？王全喜為什麼極力推薦讓他入夥？就咱們四個幹多好？非要弄來個外人，礙手礙腳的。」

程哥說：「這小子頭腦周全，精通古玩鑒定，人也還算機靈，對我們會有很大的幫助，遇有危險的地方可以讓他打頭陣，再有，如果這趟活沒成，我們可以歸罪於他，只要不讓他單獨行動，就不怕他壞我們的事。」

禿頭恍然大悟：「原來是這樣，我已經囑咐胖子和東子嚴密監視他，絕不讓他單獨行動，嘿嘿！」

過了一會兒，禿頭問那計程車司機：「大姐，那毗山離這裡有多遠？風景怎麼樣啊？」

司機是位四十幾歲的大姐，人長得白白淨淨，頗帶幾分江南女子的氣質，人也很健談：「你是問毗山介？可是好地方哉！風景可好格，山上有曠遠亭、毗山漾，還有慈雲寺。哦，對囉，你們去毗山做啥事體介？」

禿頭和程哥勉強聽懂了她的蘇州味普通話，程哥說：「哦，我們去山上的慈雲寺逛逛。」

司機大姐一驚，說：「慈雲寺？那裡有啥好玩格的？可千萬別去哉！」

程哥忙問：「為什麼？」

大姐似乎很害怕：「那寺裡失蹤過好些個人，連屍首都沒得找到，你們還是不要去哉！」

禿頭被她的話嚇得不輕，說：「真……真的啊？怎麼死的？」

大姐一臉嚴肅地說：「不曉得咧！那廟裡原來香火蠻好的，可有個老和尚很煩人，又醜又古怪，從來不讓人進後殿去玩。後來聽說有幾個作啥子考察的人，糊裡糊塗地在寺裡就失蹤了，公安也沒查出啥子事體來，就沒幾人敢去了哉。」

程哥和禿頭對視一眼，大姐又心有餘悸地說：「還好你們今天勿用去囉，慈雲寺六點就關門了哉，進勿去了！」

程哥說：「沒事的大姐，那我們就順便去山上四處看看吧，反正也出來了。」

大姐不再勸阻，只管開自己的車，只是邊開邊自言自語：「哪裡不好耍，偏要去慈雲寺耍。」

沒過一會兒，車就停下了。兩人下車一看，頓時傻了眼，禿頭說：「這山在哪兒呢？不是讓那娘兒們給騙了吧？」

程哥四處看了看，四處都是荒草，旁邊只有一個高不足百米的小山，山上依稀還有一些建築。

這時旁邊一騎自行車的農民經過，禿頭忙上去問路，那農民指著那小山說：「那不就是毗山了？山頂上那寺叫慈雲寺，錯不了！」

第九章　慈雲寺

農民走了，禿頭說：「程哥，我還以為這毗山多大呢！搞了半天才這麼高？我看比電線杆子高不了多少！」

程哥也說：「我也沒想到，先看看地圖再說。」

說完掏出一張紙，仔細看後說：「就是這兒，上頭給的地圖標注的地方，就是這座山。」

禿頭和程哥看四下無人，就往山上走。

山腳下有個小亭子，寬大的石階一直通上山。此時已是九點多鐘，天色黑沉，山上一片寂靜，只有夜貓子偶爾叫幾聲，倒也有點瘆人。兩人沒用五分鐘就到了山頂，只見有一座寺廟，依稀可見山門匾額寫著「慈雲寺」三字，廟門緊閉。

禿頭說：「程哥，大門進不去了。」

程哥說：「這寺廟陰森古怪，肯定有什麼貓膩，繞到後面瞧瞧。」

兩人繞到廟後，見後殿的門也是緊緊關著。

禿頭有點心虛：「程哥，咱們深更半夜的圍著和尚廟轉，不……不大合適吧？」

程哥也說：「先回去，明天白天再來探個究竟。」

兩人剛要走，忽聽從寺廟裡傳來一聲沉重的響聲，似乎有人在搬大石頭。禿頭嚇得一縮頭，寺內又沒聲了。程哥蹲在牆根底下，示意禿頭踩自己肩膀看看裡面，禿頭踩上程哥肩膀，雙手扒著牆頭往裡一看，只見兩個黑影抬著什麼東西在院當中晃來晃去，過了一會兒又聽「咕咚」一聲響，然後兩黑影獨自離開，抬著的東西卻沒有了，隨後院裡再沒動靜。

禿頭跳下來，把院裡的情況告訴程哥，程哥想了想，說：「翻進去看看！」

禿頭膽怯地說：「真進去啊？」

程哥罵道：「廢話！」說完掏出一支粉筆，在後殿牆根下畫了一個小小的箭頭，然後禿頭踩著程哥肩膀，扒牆頭騎上去，再將程哥拉上來，兩人跳到院內。

院內漆黑一片，前中後三殿和兩邊的廂房都沒有燈光，似乎所有的人全睡下了。院中除了一個巨大的六角形石砌香爐，再無他物。在中殿和後殿之間有一堵高牆攔著，牆上角門緊鎖。

禿頭小聲說：「剛才我看倆人影就在那石頭香爐附近轉了一會兒，就走了。」

程哥來到香爐旁，這香爐分上蓋和下面的底座兩部分，中空用來放香火和黃紙，他拍了拍香爐的上蓋，估計至少也得二百來斤沉，想抬下來必然會弄出響動，不太可行。

禿頭說：「剛才那司機大姐說，這寺的後殿從不開放，估計是有什麼見不得人的東西吧？」程哥點點頭，兩人來到後殿的角門前。

程哥悄聲說：「你把角門的鎖弄開，我來望風。」

禿頭依言，掏出一串萬能鑰匙，開始撬鎖。禿頭似乎很精此道，不大一會兒，就聽喀的一聲輕響，鎖被打開了，禿頭心中一喜，伸手就拉角門，這門軸也不知道多久沒上油了，「吱扭扭」聲頓時傳出，程哥連忙握住他手腕，看看四周並無動靜，兩人這才進入後院。

後院裡荒草足有半人多高，顯然很久沒人進了，裡面有一座大殿，門楣上懸著一塊匾，上寫「圓通殿」三字，殿門也是緊鎖。禿頭又費力打開了鎖，慢慢將殿門開了個小縫，兩人先後鑽了進去。殿裡黑沉沉、空蕩蕩的，還有一股子霉氣味，只依稀看見正中供著一尊大像，也看不清是哪路神仙，左右除了兩個小香爐、四個緊鎖的大櫃子之外，殿裡再沒什麼引人注意的東西。兩人打著手電筒四處轉了轉，禿頭小聲對程哥說：「什麼都沒有，咱們回去吧。」

程哥低聲說：「你去看看那四個櫃子裡都有什麼，我去雕像後面看看。」

兩人分頭行動，這尊雕像十分高大，可怎麼看也不像是佛，倒像是個凡人，正看著，禿頭一聲低呼：「快來看，快！」

程哥忙跑過去，只見一個大櫃子門被撬開，裡面居然還有一扇上了鎖的石門，程哥連忙說：「快打開鎖！」禿頭也興奮了，亮萬能鑰匙就去撬鎖。

很快鎖打開了，推開石門，裡面卻是一間祠堂，程哥用手電筒一晃，裡面破舊不堪，滿眼都是灰塵，牆角的灰網都快垂到地上了，高處掛著一塊匾，上寫「報本堂」三字，地上有一個神案，上面擺了一排神牌，正中間一個主神牌上寫「太平天國神武護本堵王黃文金之靈位」。

禿頭說：「這祠堂怎麼神神祕祕的，大門還設在殿內的櫃子裡？」程哥說：「好事不背人，肯定有鬼就是了。」

這時，突然一個陰惻惻的聲音在殿內響起：「你們在找什麼？」這聲音嘶啞難聽至極，好像從地底下傳出來似的，在寂靜的殿內，著實嚇了兩人一跳。禿頭膽小，手一哆嗦連鑰匙都掉了，程哥回頭一看，只見殿門大開，門口不知什麼時候站了個人。

他定定神，說：「我們是來……我們是找一個朋友，他在這附近失蹤了。」

那人說：「我這裡沒有你們要找的人，請你們走吧。」

聲音十分緩和，好像並不怎麼生氣。

禿頭忙小聲對程哥說：「咱們快離開這兒吧。」

程哥說：「好我們這就走。」那人閃到一邊，兩人連忙往外走，出殿門時老程看了一眼那人，見是一個蒼老的和尚，滿臉皺紋，長得十分醜陋，渾濁的眼睛裡透著陰鷙之色。

老和尚用低沉的嗓音慢慢地問：「兩位從哪裡來？」

程哥說：「我們從杭州來……」

剛說到這，忽聽腦後一陣風聲，剛想回頭看，「砰」地被人擊中後腦，就覺眼前一黑，頓時栽倒，禿頭剛要掏武器，還是慢了一步，也被打昏在地。兩個強壯的和尚從陰影裡走出，老和尚慢慢對他們說：「又來兩個，依法炮製。」說完離開後殿走了。兩個和尚分別拖著程哥和禿頭來到院中央的石砌香爐旁放下，一起抱住香爐上蓋費力抬下，「咣」的一聲落地，香爐底座中間露出一個黑黝黝的大洞，兩和尚再把程哥和禿頭扔進大洞裡，將蓋子放上，拍拍手走了，廟裡又恢復了寂靜。

八里店鎮旅館裡，三人邊看電視邊打撲克。

胖子說：「現在這電視臺也太過分了，天天一大堆廣告，什麼時候打開電視什麼時候有，在飯口上也播什麼衛生巾、治性病的廣告，你說噁不噁心人？」

東子說：「你不會不看電視嗎？我都好幾年沒看電視了，想看就看影碟，要不就上網泡幾個妞，破電視節目有什麼看頭？」

田尋邊抓牌邊說：「這電視廣告不但多，而且還越來越沒勁，自相矛盾的太多了。」

胖子說：「還有自相矛盾的？你說說看？」

田尋說：「別的不說，就說現在中國最著名的洗化用品生產商——寶潔公司吧，他們的奧妙洗衣粉廣告，一般都是每出一種換代型號時，就弄兩個臉盆，一個盆上寫著『舊奧妙洗衣粉』，另一個盆上則寫著『全新配方奧妙』，同時放入兩件髒衣服，過一會兒再拿出來，舊奧妙洗衣粉的盆裡，衣服明顯地沒洗乾淨，而全新配方那盆裡洗出的衣服就跟新的似的。」

胖子說：「對啊，這不是挺好的嗎？怎麼了？」

田尋接著說：「可過幾個月後，奧妙又出了超級新的型號，廣告形式則一點沒變，還是弄倆臉盆，一個盆裡是超級新的洗衣粉，另一盆裡是舊型號的，而這個舊型號的洗衣粉，其實就是上一代廣告裡說的那個『全新配方奧妙』，可在這個廣告

裡，昔日那『全新配方奧妙』洗出來的衣服卻一點也不乾淨了。你們說這不是自相矛盾嗎？」

兩人一聽，還真覺得田尋說得有道理，這種廣告的確有自己伸手抽自己嘴巴的嫌疑，胖子說：「可人家寶潔公司的產品還是一樣的大賣特賣，十分暢銷啊，你說有啥辦法？」

東子叼著煙說：「這就叫願打願挨，那些個家庭主婦可不管你是不是自己抽自己嘴巴，人家就看廣告效應，你沒見那些逛超市的家庭主婦們都大包小包的往家搬寶潔公司的產品，就跟免費贈送的似的？」

又玩了一會兒撲克，胖子看了看手錶，憂心忡忡地說：「我說東子啊，這都十二點多了，程哥和禿頭怎麼還沒回來？會不會出什麼事？」

東子此時正抓到一副好牌，他嘴邊叼著煙，含糊不清地說：「沒事，程哥又不是三歲小孩，能出什麼事？我說你快出牌成不成？這把我吃定你倆了！」

胖子說：「我還是給禿頭打個電話問問。」

撥完電話一聽，卻沒有信號，再打程哥手機也一樣。胖子說：「這可怪了，難道他們在地下室不成？不然怎麼會沒信號？」

田尋邊出牌邊說：「不會是他們找到天國的寶藏，正挖著呢吧？」

東子一聽來了脾氣：「我操，那程哥可太不地道了，合著把我們當明燈了？」

胖子瞪了田尋一眼：「你別聽他胡說，程哥是那種人嗎？」

東子哼了一聲，不再說話。玩了一會兒，三人都有點睏了，迷迷糊糊就睡著了。

次日一早，胖子焦急地把二人推醒，說：「我說東子，程哥他倆還沒回來呢，這可怎麼辦？打他們的手機還是沒有信號。」

兩人也都心裡沒底了，田尋說：「咱們三個快去毗山一趟，看看再說。」

三人收拾一番，坐計程車往毗山而去。在車上，三人向司機打聽毗山和慈雲寺的情況，這司機也說慈雲寺古裡古怪，還經常有人在內失蹤。

東子說：「他媽的，肯定是在寺裡被困了，看我不抄了他的破廟！」

田尋說：「我們先不要聲張，看看再說，千萬別露了身份。」

到了毗山，東子一看，說：「我說這毗山也太矮了！我還琢磨著有多高呢。」

上到山頂來到慈雲寺，山門緊閉。

東子啪啪地拍門，一會兒門開了道縫，一個壯年和尚伸出半個腦袋問：「三位有什麼事？」

東子說：「沒事，我們是來找……」

田尋說：「我們是來上香的。」

和尚仔細打量三人後，打開廟門讓了進去。

三人進來後，先在最前的大雄寶殿買了幾炷香燃上，又到中間的天王殿跪了幾拜，這殿裡供著一尊從緬甸運來的綠玉大佛，倒是很壯觀。三人再想去後殿時，卻見殿門緊鎖，田尋說：「這後殿我們可以遊覽一下嗎？」

那和尚說：「施主請原諒，這後殿年久失修，經常有房梁木頭掉下來砸到人，所以已經很久不許遊客進入了。」

胖子剛要說話，卻被田尋一把攔住，田尋對和尚說：「不知貴寺的住持在嗎？」

和尚警覺地說：「找我們師父有事？」

田尋剛要說話，從內殿走出一個老和尚來，長相醜陋，一臉的皺紋，也看不出來究竟多大歲數。老和尚眼皮耷拉，單手施了個禮，慢悠悠地說：「老衲文空，是本寺的住持，不知幾位施主找老衲有何貴幹？」

田尋欠了個身算是還禮，說：「文空大師，我們也沒什麼事，就是有些奇怪，這慈雲寺殿堂雄偉，風景也不差，可為什麼香火不旺，沒有遊人來上香呢？」

文空說：「本寺原是明朝萬曆年間尚書潘季馴家廟，後來改為『報本寺』，供奉大乘觀音大士，最近本寺在殿旁開闢了一片空地，準備建一座鐘樓，因此要開工，本寺開放的時間就少了，香火也就不旺。」

胖子說：「大師，聽人說有幾個遊客在寺裡失蹤過？有這事嗎？」

文空眼皮略一動，看了看幾人，不動聲色地說：「那些遊客不知道去哪裡了，卻說在本寺失蹤，都是一些別有用心的人胡說八道。人言可畏啊，可我一個老和尚，又能有什麼法子。」說完，文空和尚不住地咳嗽起來。

三人又在寺裡寺外逛了半天，也沒看出什麼線索來，只得沮喪地走出寺門。

胖子說：「田尋，剛才我要說話你為什麼攔我？」

田尋說：「你是不是想問那和尚，昨晚八、九點鐘有沒有人來過？」

胖子說：「對啊，你怎麼知道？」

田尋說：「我猜出來了，你要是這麼一問，就會打草驚蛇，如果他們真在寺裡被困，那些和尚就會明白我們是一夥的，也會有所防備。」

東子說：「程哥和禿頭不會是到別的地方了吧？」

胖子說：「不可能，他們有什麼行動，肯定會打電話或短信通知我們，我總覺得這裡有事。」

田尋說：「咱們繞到寺後去，看看有什麼線索沒有。」三人貼著牆根來到後

殿，東子忽然發現在後殿牆根下有一個用粉筆畫的小箭頭，後面的尾巴還是彎的，

胖子驚呼：「這是程哥的記號！後面的彎鉤說明他們是翻牆進去的！」

田尋說：「看來昨晚他倆一定進了寺內，難道遇到了意外？」

胖子說：「當地人都說這寺裡經常有人失蹤，程哥和禿頭會不會……」

東子說：「操他大爺的，什麼鬼寺廟，乾脆闖進去跟他們要人！」

田尋說：「不行，硬闖不是辦法，先回旅館等等，如果晚上再沒音訊，今晚就來探個究竟。」

在三人焦急的等待中，已是晚上八點，程哥和禿頭依然沒有回來。胖子等不及了：「他們肯定在寺內！咱們什麼時候去？」

田尋說：「這寺廟究竟有什麼見不得人的地方？這都二十一世紀了，還搞裝鬼弄神這？」

東子說：「要我說就別跟丫挺的廢話，抄傢伙要人！」

說完，東子從包裹裡拿出一把手槍。

田尋見了手槍，不由得心中一驚：怎麼民間考古隊還持有手槍？

想到這裡，他不太自然地說：「先別動傢伙，要不咱們報警吧！」

東子目露凶光：「你說什麼？報警？好小子啊，你是想讓咱們都蹲苦窯是嗎？」

胖子衝他使了個眼色，笑著對田尋說：「田兄弟你別在意，其實害怕也是正常的。你的意思是，你想先去探個路？」

田尋一聽他的話，擺明了是想讓自己單騎匹馬去探路，但逼到這分上也沒辦法，於是說：「行，等天黑下來，我自己去毗山看看！」

胖子說：「不行，你自己去太危險了，咱們一塊去！」

東子不在乎地說：「管他幹什麼？讓他自個兒去唄！」

胖子衝他使了個眼色，對田尋說：「走，咱們現在就去！」

三人開始收拾裝備，胖子和東子都帶上了手槍和幾只彈夾，三人每人兩支強光手電筒，另外還有指南針式手錶、多用途刀、軍用匕首、深水壓力錶、簡易防毒面具、防水煙盒、照明螢光棒、固體燃料、風油精、微型望遠鏡、溫度計、氣壓計、急救箱、壓縮餅乾、軍用水壺、伸縮撬槓、抓鉤繩梯、萬能鑰匙、折疊工程鏟、射燈護目鏡、伸縮尖錘……三人把這些東西分成三份，每人背一個背包，胖子問：「東子，咱們帶不帶炸藥？」

東子說：「咱們是去找人，又不是挖墓幹大活，那東西死沉死沉的，不用帶！」大夥又換了身黑色衣服，出門而去。

來到山頂慈雲寺時，天已經完全黑了，四周一片寂靜。三人又來到程哥留記號的後殿，把繩梯往牆頭上一搭，踩著翻過了牆。院裡無人，田尋低聲說：「都說這寺的後殿從不讓人進，如果我是程哥和老李哥，一定選擇去後殿看，說不定在後殿能有些線索。」

二人也表示同意，於是三人又再用繩梯翻過牆來到後殿，殿門也是緊鎖，胖子用萬能鑰匙打開殿門鎖，三人溜進殿內，掩上殿門。

殿裡漆黑一片，東子剛要打開強光手電筒，卻被田尋攔住了：「別開強光，在外面很容易被人發現，用螢光棒。」

東子掏出一支螢光棒折彎，再輕輕一晃，螢光棒漸漸亮了，胖子說：「我說兩位，這裡頭黑漆馬烏的，除了這幾只大櫃子，也沒什麼可疑的地方吧？」

田尋說：「別急，慢慢找，看看塑像、角落什麼的，有沒有暗道之類的地方。」

三人正在尋找，忽然東子說：「好像外面有聲音？」

田尋連忙來到門口，果然見從中殿廂房那邊來了兩個黑影，正朝後殿走來。田尋暗叫不好，可如果現在逃跑一定會被外面的人發現，他靈機一動，把手從殿門的木格子伸出去，將殿門的大鎖給插上了，偽造成沒人動過的假像，然後三人關了螢

第九章　慈雲寺

光棒，都躲在塑像後面縮成一團，好在三人都穿著黑色衣服，這塑像又極大，如果殿內沒有照明，根本不會有人發現塑像後面還有人。

只聽腳步聲輕輕走近，先有鑰匙聲開了角門，接著有人進來用鑰匙打開殿門，殿內燭光晃動，進來幾個人，然後又在裡面將殿門反鎖。一個蒼老的聲音說道：「今晚五月初五，該開祭壇了。」三人立刻聽出，正是那文空老和尚的聲音。接著又是打開櫃門，用鑰匙開鎖的聲音，然後是沉重的開門聲，幾人陸續進了門內。

田尋躲在塑像的左邊，從塑像邊偷偷放眼看去，在昏暗的燭光下，見除了那老和尚之外還有兩個和尚，他們打開一只櫃子，鑽進櫃子裡的石門內。石門大開，只看見裡面人影閃爍，接著又響起搬東西的聲音，卻不知道他們在幹什麼。

胖子蹲在田尋身邊，趴在他耳朵上用最小的音量說：「怎麼辦？咱們現在跑嗎？」田尋搖搖頭，也在他耳邊小聲說：「先別害怕，再看看。」

過了一會兒，石門裡燭光消失，也沒了別的聲音，好像裡面的人都失蹤了一般。田尋壯著膽子，悄悄溜到石門旁邊，又聽了一會兒，確實沒有半點的聲音，他向裡一探頭，只見裡面還有一間屋子，靠牆有一個大神案，此刻已經被人搬開，牆裡露出一個漆黑的暗道，顯然三個和尚都進了暗道裡。

第十章　地下祭壇

胖子和東子也溜了過來，田尋低聲說：「他們都進去了，咱們也跟進去看看！這裡頭肯定有古怪。」

東子掏出一把手槍，說：「他媽的，去就去，有什麼古怪就用槍幹他！」

田尋說：「咱們儘量小點聲，別驚動了那幾個和尚。」胖子也持槍在右手，左手拿螢光棒先進了暗道，田尋和東子隨後進去。

暗道裡面就是一條直通向下的階梯，看來是直接通到毗山深處。階梯相當地陡，三個人小心翼翼走著，生怕踩空一步，來個土豆搬家──滾球。階梯兩壁修得很是平整，三人向下走了大約有十來米的樣子，空氣漸漸開始變得陰嗖嗖地冷，胖子邊走邊說：「這老和尚比耗子都厲害，居然在寺裡打了個這麼深的洞。」

忽然，前面出現了一條筆直向前的通道，三人順通道往前走了十幾米，前面有個向右的拐角，還隱隱有亮光閃動。

田尋連忙拉住胖子，小聲說：「先別走，仔細看看情況。」

胖子溜到拐角處，偷眼朝裡一瞧，立刻被嚇得臉色煞，縮回了頭，差點喊出聲來。東子忙問：「看到什麼了？瞧把你嚇得那德性！」

胖子說：「鬼……全是鬼！」

田尋和東子不免被他的話也嚇了一跳，都問：「什麼……什麼鬼？」

胖子說：「我也沒看太清，好像都是鬼的塑像。」兩人一聽是塑像，心放下了，確信裡面無人之後，三人拐過拐角，來到一個大殿裡。這殿中靠牆一圈都是各種姿勢的小鬼塑像，栩栩如生，塑像前點著十幾根長燭，光線昏暗搖曳，更增恐怖氣氛。

東子在塑像前挨個走過，嘴裡說：「這他媽的是什麼東西？也太嚇人了！不會是什麼邪教吧？」田尋仔細看著每一組塑像，只見為首的是一個布衣模樣的人反剪雙手跪在地上仰著臉，一個青面獠牙的小鬼一手掰開那人的嘴，另一手拿著一個鐵鉗，夾著那人舌頭拉出老長，那人臉上表情極為痛苦；下一組則是一個老太婆跪在地上，一個小鬼拿著把大剪刀，正將那老太婆的十根手指逐個剪下；旁邊緊挨著的塑像是一個人被掛在一棵滿是利刃的樹上。再往旁邊看就更多了，有把人擱在蒸籠裡蒸的，下油鍋炸的，在大石碾子裡碾的，用鋸活活把人鋸開的，在火裡燒的……

三人一邊看著一邊打寒戰，胖子說：「他媽的肯定是個邪教！就是那老和尚嚇唬人用的，他怕外人進來，於是搞了這麼多惡鬼塑像。」

田尋說：「不是邪教，這是十八層地獄殿。」

胖子說：「什麼？十八層地獄？」

田尋說：「對，凡是規模較大的寺廟和道觀一般都修建有十八層地獄殿，目的是為了警示出家的僧、道，不要被邪惡所誘惑，否則就會墜入魔道之中，遭受萬劫不復之苦。那拔舌頭的就叫拔舌地獄，第二個叫剪刀地獄，第三個是鐵樹地獄，還有孽鏡地獄、蒸籠地獄、刀山地獄、油鍋地獄、磔刑地獄等等。對了，這磔刑地獄就是專門懲罰盜墓人的。」

胖子和東子立刻同時看了田尋一眼，可他正在專心地欣賞塑像，顯然是無心而說，兩人才不作聲。三人欣賞完塑像，胖子說：「我說兩位，你們有沒有發現一個問題，這小鬼殿裡怎麼沒有出口啊？」

田尋和東子仔細一找，果然，大殿裡除了十八組塑像之外，居然沒有另外的通道，那三個和尚又哪兒去了呢？東子哼笑一聲，說：「那仨和尚不是變成小鬼塑像了吧？」

田尋說：「別逗了，咱們好好找找，這殿裡肯定還有暗門。」

三個人開始找起來，從牆壁到地面，挨個塑像左看右看。胖子在那組用石碾子活碾人的塑像前看了一會兒，把槍插在腰裡，低下頭用手抱住石碾子用力一推，沉

第十章　地下祭壇

重的碾子移動了一點位置，胖子說：「快來幫忙！」田尋和東子跑來，三個人一起推那碾子，碾子足有上千斤重，三人累得滿頭大汗，碾子動了不到半米，下面卻露出一個地道的邊縫。

三人再推，說什麼也推不動了，田尋邊喘氣邊說：「這碾子肯定有……有機關，不可能這麼費勁。」三人看了看這塑像，是一個小鬼推著磨杆，去碾下面的人，胖子抓住那磨杆，用力一推，原來那磨杆是活的，一推之下，碾子居然轉了大半個圈，地道露出的更多了，三人一起推磨杆，馬上就把碾子推到了一旁，露出了下面的一個大圓洞。

胖子高興地說：「快看，這有口暗井！」三人扒著井口朝下看，這井大約有兩米直徑，井壁有鐵管梯子可供攀爬，用螢光棒一照，不到十米深，井底旁有個一人來高的暗道，不知通到什麼地方。

這暗井一露出來，三人立刻聽到一種奇特的聲音，首先可以肯定是人的說話聲，但這聲音飄忽不定，忽高忽低，又像大聲誦讀，又像怒斥，還有點像垂死的求饒，聲音從暗井裡若有若無地飄上來，聽了令人渾身不自在。

東子說：「肯定有人在底下，田尋，你先下去看看！」

田尋看了看他：「東子，你太照顧我了，為什麼你不下去？」

東子嘿嘿一笑，說：「你是新來的，我和胖子有責任多給你點機會，讓你多鍛鍊鍛鍊不是？」

田尋苦笑著點了點頭，將螢光棒咬在嘴裡，從暗井的鐵梯子爬了下去。下到井底，井壁邊上那個暗道裡傳出亮光，還有人的說話聲。田尋躡手躡腳來到暗道邊緣，露出半個腦袋向內偷偷看去，原來裡面是一個寬大的廳堂，燈燭通明，廳中間有一道水溝，也不知有多深，水溝將大廳一分為二，溝上有一條木橋，大廳另一端是一堵漢白玉石牆，牆上有一尊巨大的漢白玉浮雕像，像前還有牌位、香爐和祭品，看上去像是個祭臺。三個和尚正在雕像前跪拜，中間的正是老和尚文空，只聽三人齊聲高誦：「永定乾坤，八位萬歲，救世幼主，天王洪日，天兄基督，主王興篤，真王貴福，永賜天祿！」反反覆覆就是這麼幾句話。

田尋心想：這幾句話怎麼這麼耳熟，好像在哪兒聽過？

三和尚跪罷站起來，文空一擺手說：「奉上祭品！」兩個年輕和尚走到溝邊，此處靠牆的位置並排放著三個巨大的鐵絞盤，絞盤上纏著數道粗大的鐵鏈。兩和尚費力地扳動其中一個絞盤，鐵鏈被絞盤捲起，繃得錚錚作響，從廳頂正中忽然降下一口大水缸來。

田尋這才往廳頂看去，原來廳頂有一個大圓洞，那口大水缸連著粗大的鐵鏈，就從圓洞裡慢慢被順下來，水缸的正下方就是水溝，這缸中間粗兩頭細，最粗處足有兩米直徑，缸上還有一個小圓桌大的窟窿。水缸不住地左右劇烈晃動，還從裡面發出咣咣的悶響，似乎裡面裝著什麼活物。文空站在水溝旁，雙手合十，口中念念有詞道：「神魚護寶，永保天堂！」兩個和尚連續搖動絞盤，像在井裡打水似的，「噗通」一聲水花四濺，水缸終於沉進溝裡。

伴隨著一陣像水牛嗚似的低沉怪聲，大廳右側水溝裡「嘩」的一聲響，一道長長的水花飛出溝外，隨即聽見水缸沉下之處一陣大亂，低沉怪聲、水缸與重物撞擊聲、鐵鏈摩擦聲、水花攪動聲齊響，瞬間亂成一團，好像世界大戰一樣。三個和尚則站在溝邊閉目合十，狀極虔誠。過了足有五分鐘，溝裡才平復下來，從水溝處飄出一股刺鼻的血腥味，在石廳中彌漫。田尋心裡頭直發毛，暗想：這是在搞什麼鬼？這時兩個和尚又去搖另外一個絞盤，軋軋聲中，廳上又降下一口水缸。

當水缸下到一半兒時，突然從缸裡傳出一聲大喊：「老和尚，你他媽的快放我出去！」

田尋聽了，登時大驚：這不是程哥的聲音嗎？

兩個和尚聽見缸裡出聲，連忙停住手，文空轉頭罵道：「你們兩個廢物，怎不堵上他的嘴？」

兩和尚驚惶地說：「已經堵上了……可能是被他掙開了。」

文空向著水缸嘿嘿一笑，說：「少安毋躁，馬上就讓你升入天堂，享受極樂世界之果。」

程哥在缸裡罵道：「享受你媽個X！你他媽的不得好死！我還有同夥，小心他們找上你，把你千刀萬剮！快點放我出去，咱們還有得商量！」

文空仰天大笑，雙手合十：「神魚護寶，永保天堂！」兩個和尚好似得了命令一般，馬上加勁轉動絞盤，水缸眼看就要沉入溝裡。

田尋一看，再不能耽誤時間了，不然程哥的性命就要玩完，他一眼瞥見眼下有塊石頭，彎腰撿起來，瞄準其中一個搖輪的和尚的光頭，用力擲了去。石頭劃出一道拋物線，「邦」的一聲，正好砸在那和尚的後腦勺上，這塊石頭足有拳頭大小，把那和尚砸得一個趔趄，差點沒趴地上。

另一個和尚嚇了一跳，忙問：「你幹什麼？」

那和尚被打得七葷八素，他捂著後腦勺痛苦地直起腰，咧著嘴說：「剛才，有……有人砸我！」

文空也嚇了一跳，他警覺地說：「有人進來！」

田尋連忙跑回井底，衝上叫道：「快下來幫忙，程哥有危險，快！」

第十章　地下祭壇

耳邊隱約聽見大廳那邊文空正在大聲指揮，兩個和尚已經跨過木橋，朝暗道這邊跑來，井口上胖子和東子早已等得不耐煩，見田尋求救，連忙快速從梯上爬下來。

這時兩和尚也進了暗道，每人手裡拿著一根鐵棍，胖子說：「怎麼回事？」前一個和尚掄鐵棍就朝田尋頭上砸去，暗道裡空間狹窄，田尋無法躲避，只得往後一退，大聲說：「別問了，快動手！」

東子是防暴員警出身，一見有架可打，後腦勺都樂開了花，他一個箭步上前，和尚鐵棍摟頭掄下，他也不閃避，衝上去用左手一刁他拿棍的右手腕，那和尚頓時覺得鐵棍拿捏不住，噹啷一聲鐵棍脫手，東子右掌閃電般地往他鼻樑上一擊，那和尚就像門板似的噗通倒地，再也起不來了。

後面那個和尚剛被田尋砸到後腦勺，現在還沒完全恢復清醒。胖子別看身體肥胖，反應卻不慢，他不由分說，撿起鐵棍就打那和尚的腦袋，那和尚下意識舉鐵棍一擋，東子趁機左拳狠狠搗他露出的右肋，「喀」的一聲打斷了他兩根肋骨，那和尚慘叫一聲，委頓在地。

解決了兩個和尚，三人又朝大廳衝去，田尋經過一個和尚身邊時，見他滿面鮮血，兩眼上翻，似乎已經死了，田尋知道，剛才東子打這和尚的手法用的是美國海

軍陸戰隊臨敵致命的招數，經過訓練的人一掌擊上去，可以把對方的鼻樑骨斜上方打進腦子裡，腦幹組織被鼻骨破壞，人就立刻死亡。

田尋說：「東子，你怎麼把他打死了？」

東子回頭一看，不屑地說：「有什麼問題嗎？」

田尋剛要說話，卻聽程哥在缸裡大叫：「胖子，東子，快救我出去！水裡有水怪，快！」

三人連忙跨過木橋，來到水缸旁邊，那文空老和尚驚慌失措，抬腿向神案跑去，卻被東子一把揪住後背衣襟大叫一聲：「老禿驢別動，否則宰了你！」文空和尚嚇得渾身發抖，手足無措。

胖子站在水溝邊上，奮力用手去抓水缸上的圓洞，田尋說：「小心點，水裡有東西！」胖子抓著水缸朝溝邊拽，東子再轉動絞盤放下鐵鏈，水缸安全落到了地上。三人朝裡一看，只見程哥被一個大鐵箍牢牢套住，無法動彈，鐵箍又被焊接在缸壁上。胖子伸手進去扳開鐵箍上的開關，程哥被拉了出來。只見他頭髮蓬亂，神色驚惶，顯然剛才被嚇得夠嗆。過了好一會兒才緩過神來，慢慢地說：「剛才是誰打了那和尚，救了我？」

胖子說：「是田尋先下到井底……」

東子打斷他：「是我們倆打倒了那倆和尚，怎麼是田尋呢？你傻了吧？」

程哥心裡明白怎麼回事，感激地看了田尋一眼，喘著氣指了指旁邊的大絞盤說：「大老李還在……在大缸裡，你們快去救他下來！」

胖子和禿頭交情深，一聽說禿頭還在大缸裡待著，連忙跑到絞盤邊上，用力扳動第三個絞盤，軋軋聲響過後，又一口大缸從廳頂降了下來。眾人將大缸拉到地面，朝裡一看，果不其然，禿頭嘴裡頭塞著破布，也被套在大鐵箍裡頭，一看已然得救，他抬起頭不停地晃腦袋，嘴裡唔唔地發出聲音，顯然也是嚇得夠嗆。

胖子說：「別急哥們，我們救你來了！」他扳開鐵箍開關，再取下塞在禿頭嘴裡的破布，禿頭獲了救，張大嘴猛喘了幾口氣，再被三人拉出大缸，兩人都得救了。

田尋說：「那老和尚已被我們控制住，可以先審問審問他。」

胖子來到文空和尚面前，問：「老和尚，這是什麼地方？快說！」

文空眼皮也不抬一下，裝作沒聽見。東子用手一捏他的後頸，頸骨格格作響，文空疼得滿頭是汗，他咬緊牙關，就是不吭一聲。

程哥說：「這老和尚倒很強硬！」

胖子掏出手槍，頂在文空臉門上說：「老東西，你再不吭聲，就崩開你的腦袋，看你還強不強硬！」

文空臉色蠟黃、聲音顫抖，卻很堅決地說：「老衲皈依三寶，早將生死看得淡了，施主想打死我，就請下手，老衲絕不貪生。」他這一說胖子倒沒轍了。

田尋說：「對這老和尚，用強看來不會起太大作用，我看不如先把他捆上，押回寺裡慢慢審問。」

禿頭說：「我看行！給他上老虎凳、辣椒水、夾棍，把十大酷刑都給他過一遍，看他怕不怕！」

文空一聽反倒哈哈大笑：「老衲什麼大風大浪沒經過？那時候你還尿炕呢！哈哈哈，老衲對這具臭皮囊早就看不上了，既然被你們抓住，就請自便，老衲如叫出半個疼字，就算白活這八十幾年！」

大家一聽，對這老和尚倒也有了幾分佩服，程哥說：「看來這老和尚也不是一般人，先押上去再說！」

東子說：「媽的，先脫光他的衣服吊在房梁上，再用鞭子蘸鹽水抽他一頓，看他還嘴硬不！」

文空原本一直相當鎮定，可聽了東子的話，臉上忽然閃過一絲恐懼之色，他說：「你們還是殺了老衲吧！老衲知道你們來這裡並非旅遊，而是另有所圖，我勸你等還是乖乖回去，別在這裡枉自送了性命。」

田尋見文空臉上神色有異，心中一動，說：「先搜搜他的身！」說完上前去摸文空的衣裡口袋。

文空臉上神色又變，卻兀自強裝笑臉說：「施主真有意思，老衲會笨到把有價值的東西放在衣袋裡麼，哈哈哈！」

程哥也說：「就是，你還是別費勁了。」

田尋不動聲色，忽然一扯他的外衣，說：「看看內衣裡藏什麼東西沒有！」

文空用力掙扎，說：「你不尊敬長輩，終會不得善報！」

田尋裡外翻了一遍，果然什麼都沒找到。

東子不耐煩地說：「你翻夠沒有？他又不是尼姑，你還想吃他豆腐啊？」

田尋收手，裝作沮喪地說：「還真是什麼也沒有，媽的！」

文空臉色稍平，現出慶幸之色。

第十一章　謎詩紋身

忽然，田尋一把撕開了文空的貼身衣服，露出了乾瘦如柴的胸膛和肋骨。四人也都大感意外，都說：「你要幹什麼？在這裡就要扒光他？」

文空大驚失色，他拚命掙扎，試圖阻止田尋的行為。田尋撕開文空的內衣，只見他腋下似乎有字跡，仔細一看，皮膚上竟刺著四行小小的紅字，田尋大喜，說：「你們看，這是什麼？」

四人過來一瞧，只見是四行小得不能再小的字，文空大聲道：「這是老衲身上的胎記，你們也要看嗎？」

程哥掏出放大鏡，讓東子和胖子牢牢按住文空身體，仔細一看這四行字，程哥臉上現出無比激動的神情，他說：「看來就是這四句話，沒錯，這就是進入洪秀全陵墓的鑰匙！」說完掏出粉筆，邊看邊在牆上做記錄。

胖子對田尋說：「老田，你可真行啊！怎麼就知道他身上有古怪？」

田尋說：「東子說要扒光他衣服吊起來打時，他臉上的神色有異，於是我才懷疑與此有關。」

第十一章　謎詩紋身

禿頭讚嘆地說：「還是你心細！」

文空憤怒無比，破口大罵道：「你們幾個無恥毛賊！妄圖打擾天王清靜的強盜，都會墜進阿鼻地獄，永受折磨之苦，萬世不得超生！」

田尋說：「你把無辜的人裝進水缸裡餵水怪，難道就不是死罪嗎？」

文空嘿嘿一笑，聲音嘶啞地說：「那些人跟你們一樣，都是想來圖謀不軌的人，死有餘辜！我送他們下地獄，乃是大大的功德，何罪之有？」

東子在文空小腹上打了一拳，說：「放你媽的屁！這寶藏又不是你自己的，憑什麼不讓別人找？」文空悶哼一聲，身子軟軟癱倒。

禿頭用腳尖踢了他幾下，一動也不動，胖子說：「這老和尚被你打死了吧？」

東子顯得很冤枉，說：「得了吧，我手上也沒使勁兒啊！」

程哥一看文空昏倒，生氣地說：「你們真是胡鬧！雖然有了這四句話，可洪秀全陵墓的入口我們還不知道呢！怎麼能打死他？」

田尋一摸文空鼻息，說：「還有口氣，但很微弱，可能是因為急火攻心，再加上年老體弱，恐怕一時醒不過來。」

胖子說：「那四句話裡沒有什麼線索嗎？」四人都圍到牆上去看那四句話。

忽然，原本躺在地上，一動不動的文空猛一骨碌滾到神案下邊，又聽「咣」的

一聲，一塊青石板落了下來，牢牢堵住神案下面，頓時人影不見。五人忙回頭看，東子大叫：「文空鑽到神案底下去了！」田尋過來向那青石板猛踢一腳，卻紋絲不動，顯然這石板相當厚重，而且後面還有機關加固。禿頭和東子連忙蹲下來一起用力去推那石板，累得滿頭大汗也沒推動。

程哥氣得直跺腳：「這狡猾的老和尚，怎麼能讓他給跑了？」

田尋說：「先別推了，這機關肯定是非常堅固，我們快順原路回去，看看那老和尚在不在寺裡。」

程哥說：「那老和尚十分狡猾，他能逃回寺裡乖乖地讓我們去堵個正著嗎？」

禿頭邊喘氣邊罵：「回去找他！找到這老禿驢，非活劈了他不可！」

胖子這時還諷刺他幾句：「你可別罵那老和尚是禿驢，別忘了你也是禿子。」

程哥氣得夠嗆：「都什麼時候了，你們還有心思開玩笑？」

剛說到這裡，忽聽井底那邊「咚」的一聲悶響，東子跑到暗道那邊一看，立刻回來報告：「這下糟了，井口被人給堵死了！」四人連忙跑去一看，果然，井口漆黑一片，不用說，肯定被人用那石碾子又給封上了。胖子爬上梯子，用手去托那碾子，卻哪裡動得半分？

程哥說：「別推了，咱們不可能推得動，你們帶炸藥了嗎？把它炸開再說，他媽的！」

胖子下來後面露難色，程哥說：「怎麼？你們不會是沒帶炸藥吧？」

胖子看了東子一眼，說：「我本來想帶的，可東子說我們只是來找人，又不是挖墓，就沒帶……」

程哥氣得要死，罵道：「你們兩個真是成事不足，敗事有餘！」

禿頭說：「那地下祭臺的神案是由一整塊大青石築成，十分堅固，看來沒有炸藥根本不可能打開。」

田尋說：「這下更沒有退路了，咱們還是回去另尋出路吧！」

東子向他一瞪眼，說：「沒退路了，你他媽的高興了，是不是？」

田尋看著他，說：「不讓帶炸藥的是你不是我。除了回去找出口之外，你給咱們指第二條路看看？」

程哥說：「好了，別打嘴仗了，田尋說的對，眼下埋怨是不頂半點用的，我們現在只能回去找出口。」四人只得又折回到地下祭壇裡。

田尋說：「這大廳四面我都看過了，根本沒有暗道的跡象，就連這口水缸繫著的鐵鏈我也看了，上面已經被人用石板堵住。」

胖子說：「那怎麼辦？那老和尚不知道還會使什麼機關，咱們在明處，他在暗處，可得儘早想辦法脫身哪！」

田尋說：「從老和尚身上刺的那四句話裡，會不會找到什麼線索？」

程哥走到牆上寫著四句話的地方，慢慢地讀道：「**十字寶殿帝中央，雨雷風雲電為王；正反五行升天道，雪下金龍小天堂……**」

其他四人也過來看著這四句話，禿頭說：「這四句話是什麼意思？怎麼一句也看不懂？」

胖子說：「你要是一眼就能看懂，那寶藏就不叫寶藏了。」

禿頭說：「你就會損我，那你說說你能看懂不？」

胖子裝模作樣地看了看，說：「我也看不明白。」

東子往神案上一坐，說：「你倆就別在這兒裝能人了，有那工夫坐下歇會行不行？」

程哥問田尋：「田兄弟，你對這四句話有什麼看法？」

田尋搖了搖頭：「一點眉目也看不出來，也許只有在洪秀全的陵墓中，才能漸漸領悟其中的意思吧！」

程哥點點頭：「我也是這麼想，所以現下的任務就是先找到洪秀全陵墓的入口，可這入口究竟在哪兒呢？」

田尋走到那巨大的漢白玉浮雕像前，只見這浮雕像是連在一塊方形的漢白玉石牆上的，人像頭戴纏龍冠，身穿團龍長袍，左手放在大腿上，右手心向上做托物狀，雕工精細，栩栩如生。

程哥說：「這浮雕應該就是太平天國的天王洪秀全了，從他的衣著打扮，還有牌位上的字都能看出來。」

田尋看了看雕像，說：「程哥，我前些天在圖書館查閱太平天國的資料時，記得在一本圖書上看過一些圖片，說太平軍的後裔家裡多供有洪秀全的畫像，畫像也是頭戴金冠身穿龍袍，但右手是托著天國的玉璽，而這個雕像的右手做出托物狀，怎麼手心裡是空的？」

程哥慢慢點點頭，說：「我也在想這個問題，這雕像造得精緻無比，肯定出自手藝極高的工匠之手，不可能就差這麼一塊玉璽雕不出來，這裡頭肯定有什麼說道。」

禿頭說：「那有啥奇怪的？你們沒看見那玉璽就放在牌位後面擺著嗎？」大家仔細一看，可不是嗎，一塊正方形的方塊用黃綢包著，就放在主牌位的後面，那主牌位擋著黃綢包，兩旁還有一排供果，打眼看去，還真容易忽略這個地方。

田尋跳到供案上面，伸手取下黃綢包打開一看，果然就是一塊沉甸甸的漢白玉

的玉璽，程哥說：「人就是這樣，越是明顯的地方越容易忽略。」

這塊玉璽上方盤著一隻五爪金龍，田尋翻開底面，上面寫著「玉璽」兩個大字，下面還有「太平恩和上帝輯睦」一行小字，再下面是八句話「永定乾坤，八位萬歲，救世幼主，天王洪日，天兄基督，主王興篤，真王貴福，永賜天祿」。田尋這才明白，剛才那老和尚誦讀的口號就是這玉璽上的字。

程哥說：「把玉璽放在那雕像右手上，看看有什麼效果？」

田尋再跳上神案，走近雕像一看，只見那雕像右手手心朝上，手心裡赫然印著玉璽印面的陽文圖案浮雕，就像被玉璽在手上壓出的印模。田尋看準方向，將玉璽輕輕放在雕像右手上，兩處浮雕完全吻合在一起，玉璽剛一落下，只聽雕像後面軋軋連聲，似乎觸動了什麼機關。

程哥連忙說：「快下來，小心有危險！」田尋一縱身跳下神案，四人大步跨過木橋，跑到大廳的另一頭，生怕再中什麼埋伏。

隨著軋軋聲響動不停，巨大的漢白玉牆從正中一分為二，向兩邊移去，露出一個昏暗的祕道。四人互相看了看，又等了半晌沒別的動靜，壯著膽子從木橋上走過，來到神案前，借著廳中的燭光，可以看見這是一個不足五米的通道，裡面全用石磚砌成，盡頭處是兩扇對開漢白玉石門。

第十一章　謎詩紋身

胖子說：「程哥，進不進？」

禿頭說：「小心有埋伏，最好先進去一個人探探路。」

胖子說：「那你去吧，既然你都提出來了。」

禿頭不高興地說：「我剛從死亡線上逃出來，你好意思再讓我打頭陣嗎？」

東子說道：「讓田尋去吧，打頭陣這活兒最適合他了！」

程哥笑著說：「田兄弟，你意下如何？」

田尋心裡真是氣得無奈，暗想我這是來參加考古隊，還是送死啊？現在怎麼看這幾人都不像是搞考古研究的，倒有點像盜墓賊，可眼下形勢嚴峻，自己又勢單力孤，只能硬著頭皮上了。於是他說：「各位都是出自娘胎，我田尋當然也不是從石頭縫裡蹦出來的，可現在既然大家這麼惜命，我也沒什麼好說的了。」說罷掏出強光手電筒，跳上神案就向祕道走去。

通道裡的石磚砌得嚴絲合縫，光滑平整，田尋用手電筒仔細探照每一處角落，並沒發現什麼異常，他心想：就算是有危險也得進去，聽天由命了，於是他踏進祕道，走向石門。五米的距離並不長，很快田尋就來到石門處，沒發生什麼。外面四人早已跳上神案，見田尋無事，也都跟著進來了，胖子一拍田尋肩膀：「哥們，你真是咱們的福星啊，由你打頭陣，肯定錯不了，哈哈！」田尋也衝他嘿嘿一笑，心

裡頭卻在暗暗罵他的大爺。

程哥摸摸光滑的漢白玉石門，門是對開的，分別用整塊漢白玉製成，中間有一條兩公分左右的縫，門上左右各鑲有一個青銅的麒麟獸頭，獸頭怪目圓睜，口中各銜一枚漢白玉圓環。胖子和禿頭一起用力推了推石門，紋絲不動，東子也上來幫忙推，程哥用手電筒往門縫裡仔細一照，說：「不用推了，這門裡頭有『自來石』封著。」東子用燈一照，果然見石門裡面下方貼地面處，有一塊突起的方石擋在兩扇石門中間。

這種「自來石」是中國古代陵墓門中常用的一種方法，先在門檻下面挖一個正方形的深洞，洞底放一根彈簧，再插進一塊方形條石，條石不能完全沒入洞裡，要露出地面一米左右的高度，而高出來這部分有兩個面，朝裡的一面有個半圓坡，朝外的一面則是垂直的平面，這塊方石就是鎖舌。關門的時候是從裡向外關的，兩扇門慢慢合上，經過鎖舌的半圓坡時，條石就被壓了下去，而石門一旦對上，那塊條石就脫離壓力彈了上來，露出地面的那一米多就成了個擋門鎖，將門鎖死，硬推是肯定推不開的，這個道理說穿了也挺簡單，和現代常用的暗鎖完全一樣，區別就是現代的暗鎖有鑰匙可以開，而這種用「自來石」封住的石門，其目的是永遠關住，不想讓人再推開。

東子說：「什麼自來石？我就知道有自來水，還有自來石？」

程哥說：「這自來石是中國古代常用的大門機關，說它是最簡單的一種也不為過，因為自來石很好破解。不過，現在我要先向各位宣佈一個好消息，這道石門就是通往洪秀全陵墓的第一道大門。」

胖子、禿頭和東子一聽，都大喜過望，忙問：「真的？為什麼這麼肯定？」

程哥看了看田尋，田尋知道他又想讓自己充當解說員了，於是說：「這種『自來石』一向只被用於修建陵墓所用，自古以來還沒發現有別的用途。」

大家齊聲歡呼，程哥笑著說：「行了行了，大家別高興得太早，這只是萬里征途第一步，咱們離地宮入口還早著呢！」

然後他神色一變，說：「大家萬萬不可大意，清代的陵墓機關非同小可。凡事都有好壞兩面，這陵墓沒人盜過是好事，可裡面的機關也沒有被觸動過，這對咱們是非常不利的。從現在開始，等於把腦袋拴在褲腰帶上了，你們可要做好準備，現在咱們先把裝備檢查一下。」

胖子、田尋和東子三人都是帶著背包來的，程哥和禿頭什麼都沒有，為了減輕重量，胖子從背囊裡掏出兩個小布團，用手一拉布團上的線頭，「嘭」的一聲布團居然展開，變成了兩個行囊，田尋驚訝地說：「咦，這是什麼東西？」

程哥說：「這叫纖纖囊，是用海鰾綃和西藏犛牛筋等十幾種動物筋製成的，彈性極好，而且不怕水，也不怕刀劃，是幹咱們這行必不可少的東西，現在很多人都不會製作纖纖囊了，我也是從我爺爺那學來的。」三人將背包裡的東西擺在地上，除了一些每人必備的東西之外，剩下的平均分成五份，分別裝進背包和纖纖囊，各領一個背上。東子又掏出幾根皮製腿帶，讓五人分別綁在左右大腿上，這皮帶上有特製的插孔，可以插放匕首、強光手電筒和多用途刀具等，方便緊急時刻隨手抽出。

東子和胖子都帶著雙槍，除田尋不會開槍之外，正好四人每人一把，東子檢查了彈夾內的子彈，一拉手槍套筒，啈嚓一聲把子彈推上膛，自負地說：「有槍我就什麼都不怕，遇上什麼東西我就用槍崩了它！」

田尋不禁失笑。東子用槍一指田尋腦袋，一臉流氓相地說：「你他媽的笑什麼？信不信我一槍崩爛你的腦袋？」

田尋看著他，平靜地說：「別用槍指著我。」

東子上前一步，槍管頂在田尋太陽穴上，訕笑著說：「我他媽的就指你了，你怎麼著？」

禿頭被田尋救過，心裡一直挺感激他，見狀連忙伸手抬起東子持槍的胳膊，說：「東子，槍不是用來指著自己人的。」

東子說：「他算狗屁自己人？我他媽的才沒把他當自己人呢！」

田尋不再搭理他，回身出了祕道，找了一根鐵棍回來。東子把眼睛一瞪：「喲呵，還想動手是怎麼著？你丫真是活膩歪了！」

程哥說：「東子，你就別胡鬧了，田尋是用這鐵棍來破自來石的。田尋，你就給他們演示一下，讓他們長長見識吧！」

田尋看了看他們，將鐵棍一頭插進石門縫裡，另一頭搭在地面上，再將雙腳用力踩踏鐵棍的中心，鐵棍慢慢向地面貼平，可還有幾公分的距離，程哥說：「胖子，你也踩，快！」

胖子依言，上來踩在田尋的雙腳之間的鐵棍上，鐵棍終於完全貼在地上。

程哥連忙用力推石門，只聽得石頭摩擦之聲響起，石門緩緩推開。當兩扇石門打開到一定程度時，地下一聲輕響，那塊鎖住石門的石鎖舌忽然沉入地下，沒了蹤影。

程哥說：「這鎖舌沉到地下，也就等於自來石門沒法恢復原樣，看來在我們之前並沒有人來到。」

禿頭喜道：「太好了，看來咱們大有希望啊！」

田尋跳下鐵棍，鐵棍在彈簧強大的彈力之下，居然將胖子二百來斤的身體頂了起來，胖子差點摔倒，說：「我操，這彈簧勁兒還不小呢！」

田尋舉起手電筒向裡面照去，只見裡面有兩排全身盔甲的武士，都面向門外，手持各種長短兵刃，殺氣騰騰。東子大叫一聲：「不好！裡面有埋伏！」一側身抬手就是兩槍。

子彈打在武士的盔甲上，火星四濺，而這些武士卻屹然不動，彷彿睡著了一樣。田尋說：「別開槍了，只是假人而已。」

程哥也說：「就是，什麼人能活一百多歲？一點也沉不住氣。」東子頗不高興，慢慢將槍收起。四人用手電筒仔細照了照，只見石門裡是一道狹長的通道，約有三米多寬、二十多米長，兩排武士在兩邊靠牆而立，面向石門，中間空出了只能一個人通過的通路，通道盡頭又是一道漢白玉石門，此外別無他物。

胖子說：「這些假武士想必就是洪秀全的保安人員了，他也想學秦始皇，弄點兵馬俑來保衛陵墓，可惜只能嚇唬嚇唬膽小的，起不了啥大用。」禿頭瞅了他一眼，說：「你膽大，那你怎麼不先進去看看？」

胖子天生膽小，一聽禿頭出言相激，氣則不打一處來，他說：「進去就進去！」說完就朝裡走去，

程哥說：「小心點走，別中了埋伏！」

胖子往前走了十多米，還真是什麼事也沒有。他心裡放鬆多了，回頭說：「我

說老李，你還等什麼呢，快走吧！」四人見胖子無事，也跟著往裡走，田尋走在東子後面，落在最後，他用手電筒照著兩旁的武士，這些武士全身俱披掛著黑色精鋼盔甲，手中刀劍鋒利，在手電筒照耀下閃著寒光，頭盔上火紅的盔纓沖天而立，頭盔裡沒有腦袋，空洞無物，顯然只是一批盔甲軀殼。

走著走著，田尋手電筒光柱從一具盔甲上掠過，忽然看見這具盔甲的頭盔動了一下，他連忙站住腳。東子察覺到他停住不前，回頭說：「你幹嘛不走了？又想耍什麼花樣？快點！」

田尋剛要說話，只聽通道裡嘩啦一陣大響，兩邊的武士原本都是頭朝外，卻同時向內旋轉了九十度，變成了面面相對，彷彿在看著這五個闖入者。

胖子嚇得一縮頭，不敢動彈了，程哥大喊：「大家快跑，往石門那兒跑！」五人加快腳步朝石門跑去，就在距離石門還有五、六米時，忽然通道裡風聲颯然，一個武士手持巨斧向下猛地砍去，說來也怪，此刻胖子剛好跑到這武士跟前。巨斧是橫著砍的，胖子大驚，這要是砍上，一個胖子就變成兩個胖子了。他連忙向後一退，不想卻撞到了程哥身上，程哥畢竟經驗豐富，連忙抱著胖子向後迅速躺倒，那巨斧帶著風「呼」的一聲，幾乎是貼著二人的鼻尖掠過。還沒等兩人爬起身，旁邊一具武士雙手持大劍由上至下，掄圓了砍將下來。胖子和程哥此時正躺在地上，剛

第十二章　死士

好處在大劍中央，這一劍要是剁正了，胖子和程哥兩人的上下半身正好從腰部分家，變成四塊大肉。

這個手持大劍的武士和剛才那拿巨斧的都是假人，只不過是按照工匠設計的機關程式而動罷了，可這套機關設置得非常巧妙，可以說完全是按照人的下意識反應來設計的，如果你想躺倒躲開巨斧，就必然會把自己主動送到大劍之下，再加上武士落劍的速度極快，就算你有成龍的身手，想來一個就地十八滾躲開劍鋒也是萬難。

這時東子就在程哥後面，眼見明晃晃的大劍落下來，他沒有時間解救二人，連忙抬腳向劍身踹去。東子是防暴員警出身，練得一身外家硬功夫，這一腳至少也有幾百斤的力量，「噹」的一聲正踹在劍身上，那武士連人帶劍，整個身體被東子踹得朝外轉了個圈，變成了面朝那持巨斧的武士，大劍忽地一聲落下，恰好把那武士手中的巨斧猛地砍斷，噹啷一聲斷斧落地，可見這一劍的力量之大。

胖子和程哥也爬起來了，東子大叫：「快跑啊，別擋著我！」四人沒命地朝前跑去，田尋剛要跟著跑，只聽左面傳來金屬片的撞擊聲，往左一看，一個武士手裡拿著一把流星鏈錘，錘頭上都是尖刺，摟頭蓋頂就砸了下來，田尋這時要是往前跑，正好把腦袋送到那錘頭上，以那錘頭的來勢，很有可能會把腦袋給砸腔子裡去，田尋不敢往前，連忙後退一步，「啪」的一聲大響，錘頭掄過了勁，正打在對面那武士的頭盔上，這一錘倒是半點沒糟蹋，把那武士的頭盔打得稀爛，連同上半身盔甲都被打爛了，那武士一栽歪，撲倒在地。

田尋嚇得心都快跳出來了，一個跨步越過鐵鏈，使出吃奶的勁朝前跑去。還好四人此時都跑到了通道盡頭的漢白玉石門處，這裡離最近的武士也有好幾米遠。田尋喘著氣說：「太危險了，只要這些武士不會走路，就沒大事了。」

東子一邊喘氣一邊說：「你這個喪門星，有你在，也……也他媽好不了！」話音剛落，只聽盔甲聲響，站著的十幾個武士居然又轉了過來，臉朝裡面，同時邁出左腳走了一步。

胖子嚇得夠嗆，說：「不好，真走過來了！」

東子大駭，說：「這怎麼辦？快……快開門！」程哥一照這堵石門，上面有一個雕花的圓鎖，和石門連成一體，鎖上有一個六角形的鎖孔。

禿頭對胖子說：「快開鎖，快，晚了就沒命了！」胖子手忙腳亂地從背包裡掏出一把伸縮萬能鑰匙，程哥用手電筒照著鎖眼，焦急地說：「是六分連芯鎖，用第五層鑰匙開，快！」胖子把鑰匙插進鎖孔，撥動鑰匙上的轉軸，開始奮力開鎖。

這時，又聽一陣盔甲亂響，東子大叫：「又走了一步！快啊！」十幾個武士呈

第十二章　死士

扇形向石門包圍而來，不用說，等這些同志們走到石門處時，接下來肯定是一通砍瓜切菜式的親切問候了。禿頭大聲催促道：「快開，快開鎖！」胖子滿頭是汗，一邊飛速地轉動鑰匙上的活節，一邊說：「我知道，你別催命了行不行？」

身後的武士一步步向前邁進，包圍圈越來越小，最前的兩個武士已經逼到了離東子不足兩米處，東子嚇得大叫：「胖子，你他媽什麼時候能打開？爺爺我快沒命啦！」掏出手槍朝兩個武士瘋狂射擊。砰砰連聲，火光耀得通道裡忽明忽暗，子彈打在武士盔甲上四處彈開，可武士們卻全無懼色，也沒影響到腳下的速度。

東子叫道：「胖子快點，我快擋不住了！」

忽聽石門裡「錚」的一聲響，胖子欣喜大叫：「開了！」五人一擁而上去推那石門，沉重的石門緩緩推開，五位也不管裡面有沒有危險，一股腦兒地鑽了進去。進去之後馬上先聞到一股腐敗發霉的臭味，令人欲嘔，然後腳下又踩到一些堅硬的東西，五人無暇考慮踩到什麼，轉身先將石門關上，又聽得「錚」的一聲，石門自己上了鎖。只聽外面悶響連連，有如雷震，石門上灰屑紛紛下落，想是外面那些武士都已擠到石門處，齊用手中武器向石門招呼了。

東子大罵：「田尋，你個掃帚星，要不是你亂說話，也不會出這事，差點把命都送在這了！」

程哥勸道：「算了，東子，這事兒也不能全怪田兄弟。」

田尋心下憤怒，暗想：「什麼叫不能全怪我？難道還跟我有關係不成？」可現在這情況，也只得強忍怒火。胖子看了看石門，說：「這石門用的是下馬分芯鎖，只能從外面打開，裡面根本沒有開關，也就是說這門被徹底鎖死了，看來咱們是真沒有回頭路了。」

禿頭說：「你看準了嗎？」

胖子白了他一眼，說：「我玩開鎖不是一年、兩年了，這種鎖還能看錯？咦，這石門上怎麼全是坑？好像被人鑿過似的。」

程哥說：「大家都把手電筒打開照一下，看看這裡是什麼地方。」

胖子捂著鼻子說：「可要了命了，這裡是什麼味啊？簡直能把死人燻活！」

東子也說：「我受不了了！寧可讓那些武士砍死，我也不願在這兒待著！」

程哥喘著氣說：「那你就出去跟它們對著幹，我沒意見。」四人中屬程哥年紀最長，所以抵抗力也最差，一陣乾嘔之後，忙掏出一瓶風油精，在鼻子底下抹了點，立刻感覺好多了。胖子和禿頭、東子三人也搶過風油精擦了點，最後遞給田尋，田尋抹完，只覺一股清新氣味衝入大腦，精神不覺為之一振。

此時只有程哥手中的強光手電筒是亮著的，這種手電筒的亮度雖高，但光亮太

第十二章　死士

集中，只有一個光柱，其他的地方還是漆黑一片什麼也看不清，於是東子嵌亮手電筒，向旁邊的牆壁照去。

手電筒照射之下，一個慘白的骷髏頭赫然出現在光柱裡，這骷髏離東子極近，只要他一伸手就能摸到那骷髏頭的圓腦袋，骷髏頭大張著兩排牙齒，兩個黑洞洞的眼窩直勾勾地瞪著東子。東子失聲驚叫，驚慌地向後連退幾步，這時田尋和胖子、禿頭也打開了手電筒，再加上程哥四人幾乎同時驚呼，大家手電筒都照到了大量的死人骨架。眾人連忙後退到屋子的中央，只有這裡沒有骨架，這屋裡牆壁四周居然都是各種人骨，或坐或臥，還有纏扭在一起的、疊羅漢的，總之什麼姿勢都有。

田尋說：「這些人骨很奇怪，為什麼都聚在四周，而廳中央卻一具也沒有？」大家用手電筒在地上一照，才發現這石廳是五角形的，地面全都是由大塊的石板拼成，石板之間的線條呈放射狀通到石廳的五個角，每個角還有一個像壁櫥似的空間，不知做什麼用的。石廳正中央是一大塊五邊形的石板，形狀和石廳一樣也是五邊形，只是略小一圈，石板每個角上還有一個碗口粗的圓洞。那些人骨都處在五邊形石板的外面、石廳牆壁邊窄窄的一圈。

程哥也說：「這的確很古怪，這些人骨好像都在躲著這塊五邊形大石板，生怕踩上似的。」

禿頭說：「不會是石板上有電吧？」

胖子立刻譏笑他：「你上學那陣子物理課肯定淨睡覺了，石頭又不是導體，能有電嗎？」

田尋說：「電是不可能有了，但恐怕會有什麼機關，這些人骨應該是瞭解這石板有古怪，所以才極力躲避。咱們最好也不要輕易去碰，以免觸動機關。」

程哥也說：「田尋說的對，我們先檢查一下這些人骨，看有沒有什麼線索。」

東子極不情願地說：「我說程大哥，這些骨頭不知道死了多少年了，又臭又爛，你還讓咱們檢查？這不是要我的命嗎？我現在都不敢打嗝，怕把胃裡東西都吐出來。」

正說著，田尋忽然說：「快看，這裡有把錘子！」

程哥連忙過去一看，果然，在一副枯骨的身下壓著一把木柄錘子，錘柄已經開始腐爛發黑，而錘頭是鑌鐵造的，還在發著亮光。胖子捂著鼻子抽出錘子，看了看說：「這好像是石匠用的手錘？」

大家開始仔細找了一圈，結果又找到六、七把鐵錘，十多根鑿子，大都散落在屍骨之間，還有五、六把鐵錘和鑿子堆在石門之下，也就是剛才幾個進來時腳下踩到的東西，另外還有一些沒有爛掉的布鞋和衣服碎片。

第十二章　死士

程哥說：「這下好理解了，這些死人全是石匠，應該都是修陵時的雇工。」

東子說：「既然是石匠，怎麼都死這兒了？」

程哥說：「這個還不好說，也許是修陵的工頭故意把石門關死，讓他們陪葬的，也許是這些工匠因為某種原因而沒能出得去。」

胖子說：「依我看，肯定是被陪葬了！那秦始皇陵不就有記載說，好幾萬工匠都被關在陵裡陪葬了嗎？就是怕洩露了修陵的機密，古往今來，被帝王陵墓陪葬的倒楣蛋多了去了，估計這些人也不例外。」

程哥說：「從人骨的姿勢上看，應該是被活活餓死的。田尋你說呢？」

田尋來到石門旁邊，指著門上大大小小的坑說：「沒錯，你們看這門上的坑，應該都是這些工匠鑿門時留下的痕跡。他們發覺被堵死在這裡後，就一同用鑿子用力地鑿這石門想把門鑿破，可只鑿了一個不到十公分深的小坑時，這塊五邊形的石板出了變故，工匠們紛紛扔下鑿子和鐵錘躲在牆邊，可這樣一來他們就沒法齊心合力去鑿門了，結果慢慢都被餓死。」

胖子說：「你分析得挺有道理的，我也這麼想。」

禿頭說：「你就別裝了，人家說完了你才覺得有道理，裝什麼諸葛亮。」

程哥看了看石板，對田尋說：「你覺得這五邊形的石板又有什麼古怪？」

回頭一看，卻見田尋在仔細地看地上那些巨大的五邊形石板。

程哥問：「你又發現什麼了？」

「我在看這石板上的五個圓洞，你們來看，這每一個圓洞旁邊都刻著一個符號。」大家都走過去蹲下，用手電筒照著。田尋接著說：「這個圓洞旁刻著三道波浪線。」又走到另一個圓洞旁，「這個圓洞旁刻著一組傾斜的虛線。那邊還有三個，分別是雲朵形圖案、三個套在一起的圓圈、像納粹黨衛軍標誌的N字形斜符號。如果我沒猜錯的話，應該是分別代表風、雨、雲、雷、電。」

程哥挨個看了一遍五個符號，肯定地點了點頭：「你說的沒錯，應該是分別代表太平天國最初封的五個千歲王，也就是東王、西王、南王、北王和翼王。」

禿頭說：「這五個王都是洪秀全的左膀右臂，把他們五個符號刻在地上，估計是為了鎮宅驅妖用的吧？」

胖子反駁說：「拉倒吧，我可沒聽說過光把人名刻地上就能鎮宅驅妖的。當年那北京城是用金、木、水、火、土五行之法來鎮城的，所以北京城幾百年一直風調雨順，沒病沒災。」

程哥說：「胖子說的五行鎮京我也聽說過，如果沒記錯的話，應該是西方大鐘寺的金鐘、東方廣渠門外神木廠的金絲楠木、北方頤和園裡昆明湖邊的水銅牛、南方永定門的燕墩、中央紫禁城後的景山。」

田尋說：「這五樣東西真能保佑北京城？那怎麼後來還讓八國聯軍打進來了呢？一通燒殺搶掠，所以我看也沒什麼用處。」

東子瞪他一眼說：「你抬什麼槓？五行鎮京只能保佑不出天災人禍，那老外手裡有洋槍洋炮，道家五行拿槍炮也沒轍呀！」

第十三章　五行機關

胖子也說：「要是依我看，什麼五行、八行，那些都是虛的，就是手裡有槍、腰裡有錢，這才是硬道理，管你是老毛子，還是小鬼子，保准都不敢欺負咱們。」

禿頭說：「可這五個圓洞又是做什麼用的？」

田尋說：「我也在考慮這個問題，但有一點能肯定，這五個圓孔肯定不是做裝飾用的了。」

胖子用兩根手指往圓孔裡一伸，探了探說：「好像不是很深，能摸到底……咦？」

田尋叫道：「胖哥，別摸那圓孔！」

話剛說完，忽聽轟隆一聲，這塊巨大的五邊形石板猛地往下沉了一尺，石廳中馬上出現了個一尺深的五邊形淺坑，緊接著轟轟聲響，五邊形石板又開始慢慢下沉，隨後又向四外裂成五塊，轉眼間就消失在黑暗中，廳中露出了一個黑漆漆的五邊形大洞，也不知道有多深。

程哥大聲喊：「快後退，小心別掉下去！」四個人都緊貼著牆壁，擔心一不留神掉進大洞裡。

胖子闖了大禍，心怦怦直跳，禿頭埋怨道：「你說你真是手癢，沒事你碰它幹嘛？」

胖子把手電筒插在大腿外側的皮套上，勉強自我安慰：「還好沒掉下去。」剛說完，只聽喀喇幾聲響，幾縷煙塵飄出，石廳的五面牆壁居然緩慢地向裡移動起來！這下四個人可傻眼了，這不是要把人往大洞裡擠嗎？東子大叫一聲，先往廳角的壁櫥式空間裡跑，程哥連忙叫道：「東子快出來，會被擠死的！」果然，五面牆同時朝中心移動，邊角的五個壁櫥式空間也在漸漸變窄，這下大家才明白這幾個壁櫥式的空間，原來是為了五面牆移動時所留的空隙，當五面牆向裡移到和大洞的五個邊平齊時，這五個空間也就貼合嚴了。

東子大叫：「那怎麼辦？一會兒不就活活掉下去摔死了嗎？」五個人拚命地抓著牆壁，想抓住一個突起的什麼東西，可這牆壁全是用大塊青石砌成，平滑異常，根本就沒半點抓頭。胖子從背包裡掏出一把伸縮尖錘，咣咣地朝牆上鑿去，想鑿出個窟窿好用尖錘掛著，可這石壁十分堅固，一鑿之下只有幾個白印，連石屑都沒掉一塊。

轉眼工夫，腳下就只剩不到半巴掌寬的地方了，那些各種姿勢的人骨首先稀里嘩啦地掉到了洞裡，五個人全都溜直地站著，全身緊貼牆壁，雙手向上亂抓，可腳下空間越來越小，胖子腳下一滑，整個身體頓時掉下，幸虧他反應靈活，雙手一把抓住了大洞邊緣，整個人就在洞邊上懸著，他大叫：「禿頭快拉我上去！」

禿頭說：「我的胖爺啊，我都自身難保了，怎麼拉你……哎呀！」

還沒說完，他也腳下一歪，掛在了洞邊，五人都用雙手八個指頭緊緊地巴著洞邊那一寸多寬的空隙，漸漸都有點支撐不住了。

東子大叫：「程哥，咱們哥四個都得死在這了！」

程哥也大腦一片空白，還沒等他說出話來，就聽胖子一聲大叫，原來他終於支持不住，先掉了下去。胖子邊掉邊長聲慘呼，聲音漸漸變小，牆壁終於移到和大洞的邊緣平齊，四人全都大叫幾聲，一頭栽了下去。

噗通，噗通、噗通！水花四濺，五個人全都掉進了水裡，像秤砣似的咕嘟咕嘟直往下沉。從這麼高的地方跌進水裡，馬上失去了方向感，五人不由得先灌了幾口水，程哥、胖子、禿頭和東子都會水，他們先停住不動，身體在重力作用下往下落，這樣就分出了上下，然後四人再拚命向上游，十幾秒鐘後分別露出了水面。

胖子說：「田尋沒出來，他不是不會水吧？」

程哥大喘了幾口氣：「快……快下去找他！」

東子說：「找他幹嗎？讓他……淹死算了！」

程哥說：「不行，胖子，你水性最好，快下去救他上來！」

胖子應了一聲，從背包裡摸出一副風鏡戴上，說：「幸虧這背包是防水的。」說完深吸了幾口氣，一個猛子扎回水下，抽出腰間的強光手電筒，在漆黑一片的水裡來回搜索。胖子別看身體很肥，水性卻極佳，這可能與他家在蘇州有關。

水下很是清澈，似乎是從江河中流出來的活水，水裡的東西也看得很清楚。胖子忽然發現手電筒的光柱照到一個黑影，好像是個人，連忙游過去仔細一看，卻是一副枯骨，嚇得他連忙往後推水，這時又聽見右邊水底處似乎有水聲，順著聲音處游過去，果然見田尋正在水下胡亂掙扎，他不會水，暈頭轉向之後又喝了個飽，已經半昏迷了，此刻正處於迷亂狀態。胖子游到他身邊，沒敢直接去抓他，因為在水裡垂死的人，一旦抓到任何東西就會死命不放手，除非你把他的手砍下去，這樣的人非常麻煩，不但很難施救，還可能把別人給拖死。於是胖子舉起手電筒朝田尋的後腦砸去，先把他打得暈過去，然後才用右手夾著他，慢慢往上游，眼看著快露出水面時，忽然他覺得後腰上一陣劇痛，好像有人在後面咬了他一大口，他大叫一聲，在水裡吐出一串水泡，左手拿手電就往身後砸去。一砸之下卻什麼也沒打到，而大腿上又疼了一下，這時胖子有些頂不住了，體內氧氣已經快消耗到極限，他一把鬆開田尋，自己獨自向上游去。

胖子將頭露出水面，大吸了幾口空氣，緊接著身邊嘩啦一聲，程哥也浮出水面，腋下夾著已經昏迷的田尋，也在大口換氣，原來他怕胖子一個人有什麼閃失，下水去接應他了。

禿頭說：「你怎麼自己上來了？」

胖子伸手一摸身後發痛的地方一看，手上全是鮮血，他大叫說：「水裡有人咬我！」

禿頭說：「你可別逗悶子了，這水裡可全都是死人啊……」

剛說完，東子大叫一聲，說：「我操，有人咬我屁股！」迅速伸手去抓，再看手中居然多了一隻魚。這魚後背呈墨綠色，肚子下邊卻是紅色，身體兩邊有一些古怪的斑紋，下顎突出，像人的地包天嘴似的，這條魚大張著一張超大號的嘴，這嘴幾乎都要裂到肚皮上了，嘴裡生著上下兩排像鋸齒似的尖牙，相互交錯排列，魚眼圓睜，看上去十分兇惡。

東子嚇了一跳：「這是什麼魚啊？」

胖子害怕地說：「不會是傳說中的食人魚吧？」

程哥用手電筒一照，說：「那邊好像有個塑像，快游過去！」東子用手電筒砸

第十三章　五行機關

死手裡的怪魚拋向遠處，胖子和禿頭一塊抱著田尋，和程哥、東子五人共同向遠處的一個黑影游去，游到近前一看，原來這是一個高大的青石雕像，刻的是一個人端坐於方石之上。這大廳極大極寬，看來和足球場差不多，廳裡全是水，除了這個青石雕像之外，再無一物。好在這個方石只高出水面不到半尺，剛好可以扶著它，程哥搖醒田尋，田尋揉著被胖子敲出一個大包的腦袋，迷糊地說：「這是在哪兒啊？」

胖子說：「你就別管在哪兒了，快扶著石臺，一會兒再說別的。」

五個人都用手抓著石臺，這時，只見遠處水中一片黑影迅速地游過來，程哥說：「不好，好像是那群魚游過來了！」

胖子說：「程哥，怎麼辦？」

程哥看了看這座大雕像說：「先爬到雕像上去！」四人手腳並用，互相托舉著爬到雕像上。那片黑影轉眼間就游到雕像附近，四人用手電筒一照，只見上百條黑魚聚集在一起，好似一條巨大的飄帶，在雕像四周繞來繞去，幸好魚上不了岸，不然四人肯定餵了這些傢伙。

禿頭見脫離了危險，看了看雕像說：「程哥，這雕像是洪秀全嗎？」

田尋用手電筒一照石臺，見上面刻著一行字：聖神雨右弼又正軍師後軍主將西

王之像，於是說道：「這不是洪秀全，是蕭朝貴的雕像。」

程哥也說：「沒錯，西王就是蕭朝貴的爵號，可這廳裡為什麼會有他的雕像呢？」

五人小心翼翼地站在石臺上，生怕腳下一滑再掉下水，這塑像和真人差不多大小，蕭朝貴身穿鎧甲，右手持劍鞘端坐石臺之上，倒也很有威嚴。那劍鞘上面還有劍柄，整個塑像都是青石雕成，卻只有這劍柄是用漢白玉製成，上面雕龍刻鳳，十分精美。胖子抓住劍柄，用力向上一拔，沒想到「刷」的一聲，居然拔出了一截漢白玉劍身，原來這劍鞘中間是空的，裡面插著一把漢白玉做的寶劍，真是巧奪天工。禿頭好奇地說：「都拔出來看看？」胖子一鼓作氣，索性把整個寶劍都拽了出來，一把長近兩米的石劍就持在手裡，頗為沉重，程哥看了這把精美的寶劍，也禁不住喜歡，接過寶劍看了看，讚嘆道：「這寶劍用料講究，雕工精細，光是這件文物，至少也得值個百八十萬的。」

東子一聽「百八十萬」幾個字，馬上就來精神頭了，他一把搶過寶劍說：「快給我瞧瞧，這可是個好玩意，又值錢又能防身，東爺我現在就拿它當武器了！」正說著，忽聽咕咚一聲響起，整個塑像猛地向下一沉，大家的腳立刻就泡在了水裡。

程哥說：「不好，這寶劍是機關，塑像在下沉，大家小心！」塑像轟隆隆地向水底沉去，只露出蕭朝貴的腦袋在外面，五人又掉進水裡。

田尋不會水，只得抱著蕭朝貴塑像的腦袋浮在水面上，東子手裡拿著那把大寶劍，沉重的漢白玉當然無法在水中漂起，東子抱著寶劍直向下沉，可他還捨不得扔掉寶劍，在水面上一起一伏地苦苦掙扎。

程哥大聲說：「東子，快把寶劍扔了，要不你就淹死了！」

東子灌了口水說：「我不扔……」胖子一把奪過寶劍，遠遠地扔了出去。這時，一片黑影游攏過來，那些尖牙魚立刻上來向五人發起猛烈攻擊，這些魚好像餓了很久，分別偷襲四人身體上的各個部位，牠們的攻擊方式很特別，一口咬住皮肉之後就拚命地來回扭動身體，將對方身上的肉給硬扯下來。這下可要了命，一口咬下去就掉一小塊皮肉，咬得五人渾身是傷，哇哇亂叫。

田尋急中生智，他想起了先前程哥用過的風油精，忙亂中從自己背包裡掏出一瓶風油精，打開瓶蓋在水裡灑了一圈，風油精在水中擴散開來，說來也怪，這些魚對風油精的味道似乎很反感，很多魚都開始躲避風油精擴散的地方，向四外游去，程哥和胖子也學會了，也都摸出風油精往水裡倒，魚群游到離四人七、八米外的地方，來回巡游不停，一時還不敢衝上來。

程哥說：「快想想別的辦法，這石廳太大，不一會兒風油精就會擴散消失，到

時候神仙也救不了我們了！」

田尋說：「程哥，要不把那寶劍再插回劍鞘試試？」

程哥一聽，倒也是個辦法，連忙說：「胖子，你剛才把那寶劍扔哪兒去了？快去找回來，和大老李一起去！」

胖子說：「這扯不扯，早知道我就不扔那麼遠了，現在還得撿回來！」他和禿頭向剛才扔寶劍的水域游去，游到那邊後，兩人深吸口氣，一個猛子扎進水裡。

過了不一會兒，兩人扛著漢白玉寶劍露出腦袋游了回來，田尋說：「快插回到劍鞘裡！」胖子和禿頭又潛到水下，在水裡找到蕭朝貴右手持的劍鞘，將漢白玉寶劍插回空劍鞘中。

兩人浮上來後，胖子抹了一把臉說：「也沒什麼反應啊！」

禿頭也說：「就是，可能根本就不管用吧！」

程哥也沒轍了：「你們三個看看背包裡，有沒有什麼可以驅趕這群魚的東西？」

三人將背包翻了個遍，也沒找到什麼東西可以治這群食人魚的。

風油精漸漸在水中揮發散盡，食人魚又都朝四人圍攏，五人用手電筒照向水面，放眼一看，四周擠滿了黑色的影子，田尋焦急地說：「這可怎麼辦？難道我們五個都得餵魚了？」

這時，幾條膽子比較大的食人魚已經衝到了最前線，張嘴就咬胖子的腳面，胖子氣得從背包裡翻出一根伸縮撬棍，拉長後在水中用力擊打，弄得水花四處飛濺，怪魚嚇得四散逃開，可更多的食人魚前仆後繼圍過來，肆無忌憚地開始向眾人進攻，甚至還有幾條魚跳出水面，一口咬住田尋的肩膀，田尋大叫一聲，左手抓住這條魚用力一拽，沒想到這條魚咬得十分賣力，居然沒能扯下來，他手中一使勁，竟帶下來一小塊肉，鮮血頓時直流。胖子有些絕望了，他一聲大喊：「我操你們的姥姥！」用力拋出撬槓，砸向水面。

說來也怪，這一砸威力不小，很多食人魚居然嚇得紛紛回頭，向遠處游回去。胖子一看有門，連忙說：「東子、田尋，你們快把背包裡的大件都朝水裡扔！」

東子也掏出一根伸縮撬槓，拉到最長，說：「我說胖爺，你這招管用嗎？」剛說完，只見周圍的食人魚都開始掉頭游走，一群群的黑影在水中迅速退去，這些魚來勢洶洶，退得也快，轉眼之間居然逃得無影無蹤，到最後全都跑光了，一隻也沒剩下。

程哥被咬得渾身是傷，他大口喘著氣說：「這群鬼魚，怎麼一轉眼都跑了？」

胖子捂著被食人魚咬破的後腰，疼得嘛嘛地說：「可能是……牠們吃飽了吧？」

東子咧著嘴，捂著大腿傷口罵道：「你可拉倒吧！牠們還沒開始吃呢，怎麼就飽了？這群小王八蛋，等日後有了機會，小爺一定把你們都撈上來煮熟了餵豬！」

忽然一陣低沉的響聲從水底傳上來，有點像水牛叫，可聲音十分發悶，也不知道是什麼動靜。

田尋和程哥一聽這聲，都不由得緊張起來，互相看了一眼，他倆心裡都清楚，這聲音正是剛才在地下祭臺裡，水缸沉入水溝中時響起的聲音，隨後就有個倒楣蛋被吃掉了。

程哥聲音顫抖地說：「就是這怪聲，不知是啥怪物，好像是那老和尚養的什麼東西！」

胖子手忙腳亂地掏出手槍一拉套筒，自己給自己壯膽說：「管它什麼怪物，先吃胖爺我一梭子彈再說！」其實心裡也沒底，不知道子彈對這個不速之客是否管用。忽聽遠處水面嘩啦一聲大響，白色浪花分水而起，一條筆直的水線急速朝這邊游過來。

四個人除田尋之外，全都握槍在手瞄準水線的位置，心裡怦怦直跳，不知道又要遇上什麼東西。

第十三章　五行機關

眼看著水線越來越近，程哥一聲令下：「開槍！」

四人一齊朝水線浪花處射擊，四把手槍噴出耀眼火苗照得大廳裡忽明忽暗，子彈射在水裡激起一串串的水花。只聽悶聲連連，水裡那怪物似乎中了幾彈，水花拐了個U型彎，又折回去了。

第十四章　食人鯧

胖子高聲大笑，說：「王八蛋，這幾槍是送給你的見面禮，有種你他媽的再來！」

程哥說：「這麼耗著也不是個事，咱們彈藥有限，得想個辦法才是。」

田尋說：「那些食人魚一轉眼就跑沒影了，而且這水怪也不能是憑空鑽出來的，這大廳裡應該有一條另外的出路，而且這裡的水很清，應該是活水，既然是活水就有水路，我看這水裡一定有出口！」

程哥說：「可水裡有這個怪物攔著，怎麼下水找出路？還沒等找到就先讓牠給吃了？」

田尋說：「我倒有個主意，就是有點冒險。」

胖子說：「我說大兄弟，都這個時候了還談什麼冒險不冒險啊？快說吧！」

田尋說：「那些食人魚都是朝廳對面的右角游沒影的，水裡那怪物似乎也是由那塊水域冒出來的，所以我估計，那裡肯定有一個出路，先派一個人去把那怪物引開，然後餘下的人再去廳右角水域尋找出口，一旦找到就立刻逃走，至於引怪物那個人能否有機會出去，就要看他的造化了。」

東子一聽，當時就火了：「我猜你就會出這個餿主意！那好，就由你去引開怪物，怎麼樣？大家同不同意？」

田尋說：「我倒是想來著，可惜我不會游泳，這個重任我是扛不動了。」

東子冷笑一聲說：「沒關係，就算你不能把牠引多遠，那怪物吃掉你這一百多斤也得一陣子吧？趁這個空，咱們也足夠逃走了！犧牲你一個，幸福四個人，我看值！胖子你說對吧？」

胖子頭腦比較簡單，一時間也不知道怎麼回答好。

程哥發話了：「大家別吵了，老李，咱們四個裡你水性最好吧？」

禿頭一聽就急了：「程哥，你不會是想讓我當誘餌吧？」

程哥說：「我也是沒辦法，你倆水性最好，由你和胖子負責引開那怪物，我和東子去找出口，如果怪物逼近了，你倆就用伸縮撬槓和手槍打牠，我再把手槍給田尋，讓他為我們大家做掩護。一旦我找到出路，馬上就通知你們，你們三個再想辦法過去。現在也只能這樣了！」

東子立刻表示反對：「把槍給他？那可不行，他開過槍嗎？萬一他手頭沒準，把子彈招呼到我身上怎麼辦？」

這時，只聽一陣怪叫聲，那怪物可能是等得不耐煩了，又分著水花逼了上來，程哥說：「快點行動，晚了就來不及了！」說完把手槍交給田尋，「哥們，開過槍嗎？」

田尋搖搖頭，程哥說：「子彈已經上了膛，瞄準了扣扳機就行！現在還有不到十發子彈，省著點！」

胖子一手舉著撬槓，一手持槍說：「老田，開槍的時候看準點，別打了我們！」

程哥說：「你和老李朝左面游，只要那怪物一過來，我和東子就馬上游去廳右角，行動吧！」

禿頭和胖子向前一撲，同朝石廳左側緩緩游去。那怪物並沒有露頭，也看不見長得什麼樣，只能看見一道白線在水面上劃過，牠似乎對人興趣很大，一見有人下了水，連忙拐彎就跟了上去。程哥和東子側悄悄地從右側游開，戴上護目鏡直奔石廳右角落而去。那怪物游水的速度很快，轉眼間就離禿頭不到五米了，禿頭連推幾下水面，來到那怪物的側面，向水花處抬手就是兩槍，水花略一遲疑，也不退後，竟向禿頭直衝過來，胖子見水花剛好經過自己身邊，抬手用伸縮撬槓就是一下，啪地打在水面上，感覺就像打中了一大塊橡膠，又硬又韌，手感十分怪異，那怪物受

第十四章　食人鯧

了很大驚嚇，只聽水中噗稜一聲大響，水花飛濺，眼前頓時一片白浪。

還沒等胖子回過神來，忽覺胸口被什麼東西猛地狠狠撞了一下，他頓覺頭暈目眩，胸口煩噁，禿頭見胖子被襲擊，連忙衝上去，照那團水花就是一棍，禿頭這一下用了全力，這棍的力道自然不小，只聽「嘭」的一聲大響，打得那怪物低聲悶叫，在水中一個盤旋，向後退去。這傢伙可能在這一帶做了很久的老大，還沒遇到過像樣的對手，可今天不到五分鐘的時間就挨了兩棍子，實在有點意外，一時間還沒考慮好怎麼進攻，於是先採取了戰略撤退的方法。

禿頭游到胖子身邊一扶他，說：「你沒啥事吧？」胖子搖搖頭，喉頭一甜，哇地吐了口血，原來這一撞之下傷到了內臟。

禿頭說：「我操他大爺的，這怪物勁道還真不小，可連長什麼樣我還沒看著呢！」

胖子喘著氣說：「看看程哥那……那邊怎麼樣。」

禿頭大喊一聲：「東子，找到沒有？」放眼看去，卻沒見兩人的影。

那邊二人來到廳右角處，一個猛子扎到水底，在水下來回搜索。兩支強光手電筒照射下，果然看到了一個圓形的洞就在牆角處。二人大喜過望，連忙游了過去，想看看這洞夠不夠大，是否能順利通過一個人的身體，可剛到洞邊朝裡一看，卻嚇了一大跳，原來洞裡聚集了一大群食人魚，來回盤旋地游個不停，可就是不敢游出洞口，看來是十分忌憚那個水中怪物，否則早就出來自由活動了。

有這群食人魚在洞裡待著，怎麼也無法通過圓洞，二人先露出水面換了口氣，又沉到水底再次搜索。忽然，他們看到牆邊還有一個方形的大鐵門，約有一米來高，鐵門上有根粗如手臂的大鐵栓，連在一個圓柱上，和大鐵門焊成一體，看來是一個閥門之類的開關。兩人游到鐵門旁，試著用力扳動鐵栓，鐵栓可能很久沒有開啟，只微微動了一點，二人累得差點窒息了，連忙浮上水面去換氣。

這時正好聽到禿頭喊東子，東子大聲回答：「這邊水下有個大鐵閘門，可是門栓得太緊了，兩人扳不動！」

胖子說：「你快去幫他倆的忙，我在這兒看著那怪物！」

禿頭說：「你一個人行嗎？咱倆一塊過去吧，反正這傢伙一時半會兒也不敢過來。」胖子一想也是，於是兩人打起精神，一齊向程哥和東子那邊靠近。

田尋手扶著蕭朝貴塑像在水面露出的半個腦袋，拿著槍也沒敢開，這時看見胖子和禿頭都游走了，心裡不禁覺得有些沒底，暗想：「最好那怪物嚇怕了不敢過來，要不我自己還真不好對付牠。」偏偏怕什麼來什麼，那怪物退到廳邊轉了幾圈，可能有點害怕禿頭手裡的棍子，於是轉移了目標，又慢慢朝田尋這邊游來。

可速度卻慢了許多，看來牠也學乖了謹慎得很，步步為營。田尋看著手裡的手槍，這是一把最新的九二式手槍，田尋以前倒是在槍械雜誌裡見過，可從來沒摸過真傢伙，他用手電筒照著遠處的水花，舉起槍瞄準猛地一扣扳機，「砰」的一聲槍響，套筒的後座力很大，田尋差點沒抓住，子彈射在水中，激起一線白浪，離那條水花差了足有兩、三米遠，根本沒打著。

那怪物加快了速度，迅速向田尋靠近，田尋心裡緊張，又連開三槍，這回他有了經驗，稍微往下瞄準一點，這樣在擊發的瞬間槍管上跳，就離目標近多了，果然，其中一槍正中水花中心，那道水花一個急停，停頓了下又向前游來。

那邊胖子和禿頭已經來到東子身邊，四人一起沉到水下，游到那扇大鐵門處，將手電筒咬在嘴裡，共同抓住鐵栓，一起使勁向上扳動。鐵栓在大力轉動之下發出幾聲悶叫，漸漸轉動開了，一圈，兩圈……越轉越省力，大約轉了七、八圈時，胖子忽然吐出一串水泡，用手連指對面，東子和程哥回頭看去，又嚇了一跳，只見胖子嘴裡的強光手電筒射出的光柱正好照到了一大群食人魚，牠們按捺不住寂寞，正從那邊的洞口處溜達出來，慢慢向四人游去。程哥鬆開鐵栓，手持撬槓就朝食人魚群游去，胖子、禿頭和東子明白他的意思，他是讓三人儘快打開鐵門，自己獨自對付魚群，但這一去幾乎等於送死，這一大群魚足有幾百條，程哥一人的力量根本無

法和牠們對抗。

正在危急之時，忽然出現了奇特現象，程哥面前那一大群食人魚居然同時倒退著游回洞裡，這下程哥有點傻了，因為世界上所有的魚都會向前游，可還是第一次看到可以倒游的魚，而且速度還不慢。

正在四人納悶時，胖子忽然發現自己的身體也在慢慢向後倒退，程哥上前一抓胖子，三人浮出水面。

胖子喘了幾口氣說：「我說，這可有點……有點邪門啊！」

程哥一指石壁上的水位線說：「你們快看，這廳裡的水正在減少！」

果然，牆上的水位緩緩下降，不到五秒鐘就降低了二十多公分。

東子說：「原來這大鐵栓並不是開門用的，而是放水用的水閘？」

正說著，遠處田尋大聲求救：「程哥、胖哥，你們快來救我！」

四人用手電筒照去，只見那條水花直向田尋衝去，東子大叫道：「哥們，你別害怕，以你的能力，我相信你能對付那怪物，真的!哈哈。」

田尋氣得半死，心說看來這幫人是鐵定了想讓我當炮灰的，這下可徹底玩完了。水線慢慢地向前游動，田尋抬手砰砰又是幾槍，那怪物兜了個圈子又回來了，田尋扶著塑像腦袋將身體沉下水裡，想藏到塑像的後面，忽然發現這蕭朝貴的頭怎麼伸出來了？剛才還只露出半個腦袋，而現在水位卻到了肩膀處，難道這塑像自己又上升了？

水中怪物已經游到離田尋不到十米的地方，田尋連忙開槍射擊，可只打了一發子彈槍就啞火了，槍筒向後一退，露出了退彈孔。他持槍的左手大拇指一按扳機旁的彈夾卡榫，退出彈夾一看，原來沒子彈了。此時那道水線已來到身前三、四米處，田尋大叫道：「程哥快來救我！」可四人遠在數米之外，就算他們想救也根本來不及了，田尋絕望地將手槍用力擲向水中，大罵道：「你們四個混蛋、騙子、盜墓賊，你們不得好死！」

這時，水位已經下降到了蕭朝貴塑像的腰部，蕭朝貴右手持的寶劍也露了出來，田尋游過去拔出漢白玉寶劍，這時水線正好游到田尋跟前，雙手用力掄寶劍用力朝水裡砍去，沉重的漢白玉寶劍雖然只是用玉石製成，邊緣卻也打磨得十分鋒利，一砍之下正中目標，那怪物又挨了一劍，低叫著翻了個身，激起無數水花，退回幾米。

水位越來越低，蕭朝貴塑像的底座已完全露出水面，底下用四根比大腿還要粗的鐵柱支著，水越少泄得越快，那怪物剛要再次襲擊，忽然間似乎也察覺到水在減少，轉了幾個圈之後，居然朝石廳右角那個圓洞游去，看來是想溜走。田尋死裡逃

生，緊緊抓住塑像底座下的鐵柱，不住地喘氣。

怪物帶著水線，一頭鑽進圓洞裡沒影了，畢竟水裡的生物離了水就玩不轉，危險已經解除，水位也低得快露出地面了，又過了幾分鐘，只聽呼呼的急速抽水聲傳出，石廳裡的水完全排空了，田尋的腳終於落在地上。他撿起身邊的強光手電筒往牆角一照，原來這石廳的牆角四周都是一排排的泄水孔，鐵栓啟動開關露出泄水孔，水就是從這些泄水孔裡排光的。

田尋坐在地上，邊喘氣邊哆嗦。這時程哥四人也走了過來，程哥一拍田尋肩膀：「兄弟，讓你受驚了，是胖子打開了鐵門的水閘，所以我們才沒有去救你，以為那怪物會很快逃掉，幸好你吉人天相，有驚無險，希望你不要放在心上。」田尋看了他一眼，沒有說話。

東子說：「你他媽的剛才罵誰來著？說咱們是什麼混蛋、盜墓賊？我看你是活膩了找抽呢！」說完就要上前動手。

禿頭一把拉住他勸道：「算了東子，剛才情況緊急，你也不是沒看到，田兄弟的心情也是可以理解的，你就別往心裡去了，把這一節揭過去，都忘了吧！」

程哥也打圓場說：「就是就是，咱們都是考古工作者，怎麼能和盜墓賊扯到一塊去呢？現在我們還都處在困境當中，自己人可別先鬥起來，傳出去讓外人笑話。」

東子哼了一聲，指著田尋說：「姓田的，你最好別惹東爺我。」

田尋也不看他，自顧擰乾身上的濕衣服。胖子找到田尋扔掉的手槍，重新裝上一個新彈夾，插在腰間。程哥掏出一包創可貼，取出幾片遞給田尋，再分給其他三人。大夥把創可貼都貼在傷口上，每個人身上都有不少傷口，雖然創可貼不太夠用，但也比乾撐著強。

程哥說：「現在就只有那個圓洞可以出去，我們過去看看。」

五人濕淋淋地向廳右角圓洞走去，來到圓洞邊，東子打手電向裡一照，似乎幾米之外有一個通道。

程哥說：「進去吧，反正也就這一條路了。」

五人依次鑽進洞裡，洞很矮，只能貓著腰才能前進，還好不算太長，幾米過後就來到了一個狹窄的石壁通道處。

通道兩邊的牆角也都是泄水孔，牆上都是浮水印。程哥手電筒照著前面的路，說：「這通道為什麼不是直的，而是修成了弧形？」

胖子說：「可能這就是現在流行的後印象派建築吧？你別說，當時清朝人還是挺新潮的。」

禿頭捂著被咬破了的肩膀頭，咧著嘴說：「我說胖子，你的想像力還真豐富，你怎麼不說是野獸派建築呢？這是陵墓，和活人居住的住宅有本質上的區別，花裡胡哨的東西很少，每一處與眾不同的設計，應該都有它獨特的作用，或是能體現出一些問題。」

程哥說：「老李說的沒錯，修成弧形的墓道，肯定有它的作用，只是現在我們還研究不明白，只能繼續向前摸索。」

這時通道盡頭被石板封死了，牆的左側面有一個漢白玉石門，胖子用手電筒上上下下地仔細照看，準備研究這扇門的機關，田尋卻在四處觀看旁邊的牆壁。

程哥問：「你找什麼呢？似乎沒有別的路。」

田尋說：「我想知道這通道是封死的，食人魚可以從牆角的泄水孔游走，而那水怪是從哪兒走的呢？」

東子一照通道頂上，說：「你們看，這上面還有一個大洞！」

三人抬頭一看，果然在頂部和牆壁交界處還有個大圓洞，那水中怪物應該就是趁著水沒流光之前，從這裡游走的。

這時胖子說：「各位，這門我可有點研究不明白了，你們都來看看。」

東子走過來取笑他說：「我說胖哥，你可是搞機械的行家，什麼鎖你沒撬過，什麼門沒開過？還有你研究不懂的門？」

胖子不樂意地說：「得了吧，你少跟我耍嘴皮子，我王援朝又不是神仙，也是凡胎肉身，吃多了撐著也打嗝兒，睡著了也一樣放屁咬牙吧唧嘴。你們都來看這道門，發現有什麼不對勁了嗎？」

四把手電筒同時照在門上，程哥看了半天，說：「這門怎麼沒有門鎖？而且還嚴絲合縫，一點空隙也沒有。」

第十五章　怪異的畫像

東子說：「那有什麼奇怪的？剛才咱們不是開過自來石了嗎？這門八成也是從裡面封死的。」

田尋說：「不可能，凡是對開的門中間都會有縫隙，門越厚空隙也就越大，關上門之後想一點縫也不留，基本上是不可能的，這兩扇門貼得如此嚴實，那就只有一種可能。」

胖子說：「你是說，這門不是對開的？」

田尋點點頭：「我也是這個意思，它有可能是向側開的，就像電梯的那種門。」

胖子來到石門旁邊，用手敲了敲漢白玉門附近的石壁，石壁發出均勻的聲音。

胖子說：「不太可能是向側開的，這旁邊的牆壁聲音完全一樣，就算這石門只有一公分厚，那麼這旁邊的牆壁裡就應該留出一公分的空間，以我的耳力，肯定能聽出區別來。」

東子說：「那怎麼辦？總不成咱們就跟這耗著吧？」

第十五章　怪異的畫像

程哥說：「別急，讓胖子和田尋好好想想辦法。」

田尋說：「仔細找找這扇門，看有沒有什麼破綻。」胖子和禿頭用手電筒一寸一寸在漢白玉石門上摸索，石門打造得很光滑，除了還有一些水珠外，別說是破綻，就連一個小坑都沒有，尤其是兩扇門的對接處，只有一道淺淺的細印，摸上去渾然一體，手上幾乎感覺不到有縫隙。這麼高超的手藝，就是現代的石匠高手用先進的加工工具，也未必能做成這樣。

兩人找了半天，實在沒找到任何破綻，胖子洩氣地坐在地上，從背包裡掏出一個精美的鋼製扁煙盒，打開後取出一支煙，又用打火機點燃抽了起來。禿頭和東子一看，馬上都被勾起了煙癮，吵著向他要了一根煙。

田尋說：「咦，真奇怪，你這煙盒在水裡泡了半天，怎麼一點水也沒進？」

胖子說：「你個老冒，怎麼跟鄉下人進城似的，啥也沒見過？這煙盒是用防水材質製成，密封度極高，打火機也是特製的鑲在煙盒裡，別說在水裡泡這麼一會兒，就是在一百個水壓深處，也能夠防水四十小時。」

田尋哦了一聲：「怪不得這麼先進，可惜我不會抽煙。」他一邊說，一邊看著東子用打火機點著香煙吸上，打火機冒著突突的火苗。

禿頭說：「沒想到這墓封閉不嚴，氧氣倒挺充足，我原以為必須得用防毒呼吸面具的。」

程哥說：「不是這墓封閉不嚴，而是與墓中的水有關。這大墓將附近的地下水引進墓室裡，地下水本身就攜帶豐富的氧氣，否則那些食人鯧就不能存活，而這些氧氣又從水中大量逸出，漂浮在空氣裡，於是這墓裡也就有氧氣可供呼吸。」

忽然田尋眼前一亮，伸手說：「把打火機給我！」

胖子以為他想據為己有，連忙從東子手裡奪過來，說：「憑什麼給你？這可是我的好寶貝，你又不會抽煙，要打火機幹什麼？」

田尋說：「我不是要你的打火機，快給我用一下！」

胖子疑惑地將打火機交給田尋，田尋先用袖子把漢白玉門上的水珠擦乾，然後點著打火機貼在石門上來回地加熱。禿頭說：「哥們，這門是石頭的，不是木頭做的，你就是烤到年底也烤不著啊！」

剛說完，忽然田尋低呼一聲：「有了！」四人忙用手電筒照去，只見田尋手中打火機烤過的地方居然出現了一道暗紅色的線條，雖然線條很淺，但在潔白的玉石門上相當顯眼。田尋順著線條延伸的方向繼續烤火，烤了一會兒，打火機的溫度有點燙手，田尋關掉打火機讓它自然冷卻一會兒，又接著烤。十分鐘後，在兩扇石門上就出現了一幅簡單的紅線條圖案。大家把強光手電筒照在石門上頭，都看著這圖

第十五章　怪異的畫像

案納悶，因為這一幅圖案很是怪異，而且出人意料。

一個巨大的十字架，端端正正畫在石門上，十字架的中心畫了一個圓圈，裡面有一個端坐在椅中的穿長袍西方男人的形象，腦後畫有光環，蓄著鬍子，很明顯是西方基督教中上帝耶和華的形象，上帝右手平攤，手掌上放著一把鑰匙，左手微抬，食指伸出指向左邊。十字架旁邊還有幾道弧形線條，分別連接了十字架的四個點，最後又通到十字架的中心，連在上帝的腳邊，最奇怪的是，十字架的四面還寫著四個大寫漢字的數字。

四人看了半天這幅圖，面面相覷，誰也說不出什麼來。

胖子撓著腦袋，說：「程哥，我想問你個事。」

程哥說：「什麼事？」

胖子說：「我以前看過一個老美拍的電影叫《時空隧道》，說是一個哥們也不知道怎麼搞的，沒留神一下從六十年代溜到八十年代去了，我說幾位，咱現在是不是跑美國去了？」

田尋笑了：「胖哥啊，你的想像力也太豐富了點，怎麼這麼說呢？」

胖子說：「你看吶，這石門上畫的不是上帝和十字架嗎？這清朝的大墓裡怎麼都整出來上帝了？」

東子也說：「我也納悶呢，胖子你這麼一說，我也有點懷疑，難道這墓室並不是天王洪秀全的陵寢，而是當年某個洋鬼子傳教士的安息地？」

程哥和田尋互相看了一眼，都哈哈大笑。

東子怒道：「你們笑什麼？有病是怎麼著？」

程哥笑得一手扶牆，都說不上話來了，田尋笑著說：「你們倆真不知道上帝和太平天國的關係嗎？」

胖子生氣地說：「上帝跟太平天國能有啥關係啊，你唬我呢？」

禿頭也說：「就是，有這麼可笑嗎？」

田尋一看他們是真不懂，就說：「原來你們真不明白，那就是我的不對了。太平天國的天王洪秀全當初在金田起義的時候，就是組織了一個名叫『拜上帝會』的宗教團體，以此來組織群眾，招兵買馬。他自稱是上帝的兒子，稱呼上帝為天父，管耶穌基督叫天兄。」

禿頭奇道：「是嗎？那他真是上帝的兒子、耶穌的弟弟？」

田尋說：「當然不是了，上帝是西方宗教的產物，就算他有兒子，也只能是西方人，怎麼可能是中國人呢？」

禿頭說：「如此說來，洪秀全一定是熟讀《聖經》了，要不怎麼會認外國神話中的老大做爹呢？」

田尋說：「正相反，其實洪秀全對《聖經》並不是很精通，甚至根本沒有完整地讀過《聖經》，他對基督教頂多算是一知半解，他在金田老家的時候想去當地的教堂受洗禮，成為真正的基督徒，可教堂裡的神父聽他說自己是上帝的兒子、耶穌的兄弟，覺得他純粹是個精神病，根本不配做一名基督徒，也壓根沒考慮給他舉行洗禮。他只不過是想利用這個西方宗教做幌子，來籠絡和收買人心罷了。」

胖子罵道：「這個洪秀全，放著好好的佛教道教不信，非去信什麼洋教，嚇得我還以為進了時空隧道了呢！」

程哥說：「現在該研究研究這幅畫了，這到底是什麼意思？」

胖子說：「別問我！我可不愛猜謎，這種活還是你和田尋去研究吧。」

東子也說：「我也沒那個腦子，我只是挺奇怪，怎麼他一用打火機烤就能烤出圖案來呢？」

田尋說：「這很簡單，用三分之一的生鐵粉兌上三分之二的石灰粉，再加水刷在石門上，連刷數十遍，從外表什麼也看不出來，但只要一用火烤，生鐵粉遇火變成氧化鐵就會顯露出淺紅色，這種方法在中國古代很常見，經常被大戶人家用來在牆上繪製壁畫，做辟邪用。」

程哥用手電筒照著圖案，說：「這十字架旁邊的線條一直通到上帝的腳下，似乎是一條什麼路線……」

田尋說：「也許是告訴我們前進的方向？你看這上面畫有三個弧形線條，而我們現在所處的墓道也是弧形的，我想這絕對不是巧合吧！」

程哥拍了拍腦袋，說：「對，這弧形線條肯定就是現在咱們腳下這個墓道，那麼這十字架的最右端一塊，就應該是我們剛出來的那個水廳了，再經過三個廳之後，通到上帝的腳下，這又是什麼意思？」

東子說：「他媽的，肯定是說讓進來的人最後都一齊去見上帝，那不就是讓人去尋死嗎？」

田尋搖了搖頭：「我可不這麼想，這上帝畫在十字架的中心，十字架應該是這個陵墓的平面圖，上下左右共有四個石廳，而中間這個圓圈，很可能就是陵墓地宮所在地，也就是洪秀全的梓宮，他既然自稱是上帝的兒子，當然要把自己的棺材放在中心位置上了。」

禿頭喜道：「是嗎？那可太好了，這回可有盼頭了！」

東子說：「得了吧！你別信他的，他淨拿我們打鑔，修陵墓的人連作夢都怕別人盜自己的墓，這位洪哥們可好，生怕別人不知道自己的墓是咋回事，還在門上畫了個平面圖讓你少走瞎道，你相信他會這樣做嗎？」

田尋說：「當然不會，現在開這道石門就是個大難題，推也推不開，也沒有任何的鎖和機關，似乎根本就是一道死門。」

程哥說：「還記得那四句謎語嗎？『**十字寶殿帝中央，雨雷風雲電為王；正反五行升天道，雪下金龍小天堂。**』這幅畫不就是一個十字形嗎？可能是說，這座陵墓的平面圖就是個十字形，上帝坐在中心，就是『帝中央』。」

田尋說：「有道理，可後幾句還不知何意，似乎也沒提到如何開啟這道石門。」

程哥說：「也不一定，你看這個上帝的形象就很奇怪，他右手掌心放著一把鑰匙，左手卻指向一邊，這是什麼意思，好像在暗示什麼？」

田尋說：「按他手指的方向，應該是在右邊，可右邊什麼也沒有啊？」

胖子說：「就是，右邊有啥？除了磚還是磚。」

田尋忽然靈機一動，看了胖子一眼，胖子嚇了一跳，說：「你這人怎麼一驚一乍的，為什麼用這種眼神兒看我？」

田尋眼睛直勾勾看著胖子，嘴裡頭喃喃地說道：「除了磚還是磚，除了磚還是磚……」

禿頭害怕地後退幾步說：「完了，程哥，田尋好像得神經病了！」

田尋白了他一眼，說：「你才得神經病了，我是覺得，這道門不應該是死門，似乎和右邊的磚有什麼關係。」

程哥說：「肯定和這四個大寫數字有關，這是什麼意思呢？」

田尋看了看圖案，十字架的四面分別寫著「九、四、二、一」，說：「這四個數字倒像一個字謎，九四二一，九四二一……」

東子抽著煙，一屁股坐在地上，說：「早知道這麼費事，說什麼都不來了！這不折磨人呢嗎？一個破墓還弄這麼多字謎、燈謎的！」

胖子坐在他身邊，說：「這是好事，你想啊，越是有來頭的大墓，才有那精力去搞一大堆的機關、迷宮，普通老百姓連墓地都買不起，還拿什麼修建機關啥的？對不對？」

正說著，田尋忽然大聲說：「我知道了，就是它！」

胖子冷不防被他嚇了一跳，叼在嘴上的煙都掉了，他不高興地說：「你真是生孩子不叫生孩子——下（嚇）人，我說你又怎麼了？」

田尋說：「按照線條將四個石廳連接的順序，再對應相應的數字，從上帝左手指的方向在磚上數，看能數到哪塊磚？」胖子站起來，掏出一小塊記號石，在石磚

第十五章　怪異的畫像

牆上一邊畫線一邊說：「那還不簡單，先往右數九塊磚，再向上數四塊，再左數兩塊，再朝下數一塊……就是它了。」

胖子手中的記號石最終落在一塊普普通通的磚石上，禿頭說：「這塊磚看上去好像沒什麼特別的地方？」

程哥伸手在磚上用力按了按，沒有任何反應，他對田尋說：「好像不是這麼回事，你再想想別的辦法。」

田尋思考了一會兒，說：「胖哥，把你的伸縮尖頭錘借我用用。」

胖子從背包裡掏出錘子給他，田尋想了想，用錘子在這塊磚上用力敲去，噹！噹！一下一個白印，這磚還真硬，連白茬都沒掉一塊。

忽然，胖子說：「快看，磚動了！」

大家仔細看去，果然這塊磚被敲進去了一點，大約凹進去了有四、五毫米左右的樣子。程哥頓時來了精神，他說：「這石磚牆都是用大塊青磚砌成的，磚和磚之間還用三合土黏合，堅固無比，光用錘子根本不可能把磚敲進去，說明這塊磚是活的！胖子，你來接著敲！」

胖子也來了勁頭，一把接過錘子就敲起來，幾十下過後，這塊磚足足陷進去兩、三公分，程哥仔細看了看，驚喜地說：「有發現，快看！」田尋湊上去一瞧，這塊磚縮進去後，便露出了下面的一塊磚，磚上有一個圓形細印，似乎是個石頭圓柱嵌在這塊磚上，與磚面平齊，只是被上面那塊磚壓住了一半。

田尋激動地說：「快接著敲！這圓柱肯定是個機關，是上面的磚壓住了它，如果再讓磚向裡移動，圓柱就會彈上來！」

胖子往手心吐了口唾沫，抖擻精神掄錘子又敲起來，噹，噹，噹！幾十錘過後，忽聽「錚」的一聲響，下面那塊磚果然彈起一塊圓柱石，緊接著響起有節奏的空空聲，那扇漢白玉石門居然整體向下滑動，縮進地下，幾秒鐘後就消失得無影無蹤。

五人被這突如其來的變故搞得一時回不過神來，過了半天，禿頭才高聲歡呼起來。東子連忙跑到大門邊上，剛想用手電筒往裡照，卻猛然看見一具黑漆漆的屍骨攔在門口，他嚇了一大跳，連忙後退幾步，四人過來一看，見這副骨架跪在石門的門框裡邊，大張著嘴，上半身側彎後仰，雙臂上舉擋在眼前，似乎在躲避什麼東西。

禿頭說：「這傢伙真是吃飽了撐的，沒事兒在大門口跪著幹什麼？」

程哥用手電筒上下仔細地在骨架身上照了一遍，說：「從骨架的形狀來看，這人還是個女的。」

胖子說：「怎麼，從骨架也能看出男女來？」

程哥指著骨架的肩胛骨說：「當然能了，你看這骨架的肩胛骨和鎖骨，再加上第一根肋骨，這三根骨頭就形成了一個三角形，從骨骼學上講，兩個長邊形成的夾角角度越小，則女性的可能性就越大，當然年齡小的男性也是這樣，但從這具骨架的骨盆來看，骨盆寬而矮，上口呈圓形，恥骨短、骨弓角度大，應該是個成年女性，因為女人的臀圍較大而且扁。再看它的牙齒，臼齒磨損很少，因此我判斷它的年齡不會超過三十五歲。」

聽了程哥的講解，四人都佩服得不行，禿頭說：「我說程哥，你這骨骼學的知識是從哪兒學來的？莫不成你以前在殯儀館上過班，要不怎麼知道得這麼詳細？」

程哥白了他一眼說：「這些知識在殯儀館可沒人教你，幹咱們考古這行的，不懂骨骼學怎麼能行？你打開一口棺材，連裡面的骨頭是男是女都搞不清，那還考個屁古？」

第十六章　鬼宮殿

東子不以為然地說：「我關心的就是骨頭旁邊的珠寶能值多少錢，它是男是女，跟我可沒半點關係。」

程哥謹慎地看了田尋一眼，說：「東子，你畢竟還是入行時間短，對考古沒有更深的認識，就知道金銀。」

田尋自然明白程哥看他一眼的含義，表面不動聲色，心裡卻在想這些做考古的人怎麼如此貪財？當然嘴上不能說，於是他問道：「這女的為什麼跪在門口呢？她又是什麼身份？」

胖子說：「可能也是工匠吧，剛才不是在一個石廳裡看見不少餓死的石匠了嗎？」

田尋說：「古代王侯對修建陵墓有很高的要求，除了墓主人和陪葬的人可以是女性之外，工匠絕不允許有女人出現，是因為陵墓本身就屬陰，再由屬陰的女人來參與修建，那墓主人就永遠沒有重生的機會了，而且陰與陰同屬相剋，對墓主人的後代也是極為不利，甚至還有滅門的危險。」

程哥說：「田尋說的沒錯，古代人對這種事情是相當忌諱的。」

禿頭說：「可這屍骨為什麼渾身漆黑，好像在烤爐裡烤過似的？」

程哥搖搖頭：「這一點我也說不好，也許是中了什麼毒的緣故。」

東子說：「看來這骨架就只能有兩種身份了，一是墓主人，二是陪葬的。」

禿頭說：「這墓不是洪秀全的嗎？洪秀全當然是男的了，難道這是洪秀全的老婆？」

田尋說：「不太可能。古人雖然輕視女性，但王侯貴族對自己的原配夫人還是很尊重的，不管是皇帝還是大臣，死後都會和妻子在墓中合葬，怎麼能在這裡罰跪呢？這也不合情理。」

程哥說：「史書上記載說洪秀全死之前好幾年，他妻子就已經去世了，而且葬在金田老家，怎麼能在這出現？而且這骨架看上去似乎在掙扎躲避什麼似的，好像是遇到了什麼災難。」

胖子說：「那會不會是……鬧鬼了？」

四人一聽「鬧鬼」兩個字，不禁都打個寒噤，程哥嚴厲地說：「在陵墓裡絕對不能說『鬼』這個字，否則容易引出是非，明白了嗎？」

東子說：「咱們別老在這廢話了，反正是個死人，先把它弄開再說。」說完上前照那副骨架就是一腳，骨架七零八落散在地上。忽然，一個小黑點從散落的骨架堆裡鑽出來，迅速爬進黑暗中，東子忙用強光手電筒照去，可還是晚了一步，什麼都沒看到。

禿頭說：「可能是這陵墓裡太潮濕了，生了一些潮蟲之類的蟲子吧，快進去看看。」

程哥說：「別忙，小心裡面有機關，先看看裡面都有什麼。」

胖子來到門檻處，用強光手電筒一照，並沒有看見什麼，於是五個人一塊進了石門。走在最後的程哥雙腳剛一邁過門檻，忽聽身後「嘩」的一聲，程哥連忙回頭，卻見那道漢白玉石門竟如鬼魅似的又升了上來，嚴密地堵住門口。他心知不好，連忙叫道：「先別動，快停下！」

走在最前面的胖子此時已放眼朝前方看去，這一看不要緊，登時嚇得頭皮發麻，渾身無力。

這裡並不是什麼石廳，也不是宮殿，而是地處一個懸崖邊上，前面是一大片空曠之極的萬丈深淵，裡面漆黑一片，似乎沒有盡頭。深淵裡佇立著無數巍峨高大、雄偉陰森的宮殿，也不知道距離多遠，反正從站的地方看去，最多也就是和鼻子平齊，這些宮殿有高有矮，參差不齊，宮殿裡燈火閃爍，遠遠看去，就像一片螢火之光。再看兩邊，右邊是無盡的黑暗，而左邊卻有一條極長極長的石橋，就在深淵之上孤零零地懸著，盡頭處隱沒在黑暗之中，也不知道究竟通向哪裡，石橋上的天空有一輪亮得發瘮的月亮，一抹月光灑在橋上，在空曠的黑暗中甚為顯眼。

一陣冷風颼颼吹過，好像能把人一瞬間就吹到深淵裡似的。五人頓時覺得頭皮發麻，腿肚子發軟，胖子有恐高症，而且還走在最前面，右手一鬆，強光手電筒掉在地上，大家都不約而同地向後退步，緊貼牆上雙手扶著背後的石壁，生怕自己掉下去。在這個環境之下，五人竟同時感到自己就像是大海中的一條小魚，或者像茫茫宇宙中的一顆小乒乓球，只有任憑擺佈的命，根本沒有反抗的能力。

大夥連大氣都不敢喘，更不敢說話，怕一張嘴都會影響身體的平衡而掉下去，田尋頭腦一片空白，眼睛瞪得老大，眼前的情景讓他不敢相信是真的，這個空曠的深淵往少了說也得有幾十公里長，數公里寬，而深度就無法估計了，可這明明是在湖州毗山的地層之下，怎麼可能會出現這麼巨大的一個空間？要想修建這麼大的工程，就是在地面上也有相當大的難度，更別說在地底下修建出來。更令人不安的是，這個深淵和裡面的無數宮殿建築，都給人一種陰森恐怖、邪惡無比的感覺，好像不是真實存在，而是漂浮在半空中。

五人並排一字站開，將背包解下拎在手中，將後背緊靠著牆，巨大的恐懼感籠

罩在大家的心頭，周圍又陰又冷，似乎有無盡的寒流從深淵裡冒出來。過了半天，田尋才戰戰兢兢地說：「胖哥，你手電筒掉了。」

胖子此時哪裡還敢蹲下撿手電筒，連手指頭都不敢動一下，他聲音顫抖地說：「我知道，掉……掉了就掉了吧。」

程哥雖然經驗最豐富，可此時心裡也沒底了：「現在咱們怎麼辦？」敢情他的兩條腿也有點打彎。

禿頭用手電筒向前面的深淵裡照了照，按理說這種強光手電筒最少能有五十多米的射程，可現在由手電筒射出的光柱竟然被黑暗所吞沒，除了黑暗，什麼也看不見。禿頭開始懷疑這強光手電筒是不是電量不足，他轉過頭用手電筒照了照胖子的臉，連汗毛都瞧得清清楚楚，胖子被他晃得眼淚直流，大叫：「你幹什麼？」

田尋看著腳下那堆白骨，離自己大概有半米左右，而那顆頭骨就端端正正地立在自己面前，瞪著兩個大空洞看著他，田尋說：「我……我把這個頭骨踢下去，看看這深淵到底有多深怎麼樣？」

另外四人立刻表示反對。

東子說：「不行，你瘋了嗎？要是這深淵裡頭有什麼怪物、惡龍之類的東西，你一下驚動了它，那咱們可就全完了。」

程哥把頭往左側了側，說：「左邊那好像有一座石橋，看來那是唯一的路了。」

胖子說：「那咱們就去……去左邊看看。」

田尋說：「咱們後背貼著牆，慢慢往左邊蹭吧！」

胖子說：「不行啊，我這兩條腿就跟灌了鉛似的，半步也邁不出來了。」

禿頭說：「你怎麼這麼沒出息？」

胖子說：「我他媽的有恐高症，你不知道啊？」

禿頭說：「虧你還是搞機械工程的，那你站在高樓和吊車上不害怕嗎？」

胖子說：「我從來不上高樓，只做地面的活。」

程哥說：「行了，別鬥嘴了，聽我口令，大家手拉著手，一塊往左挪步。」

胖子說：「可我的手電筒還在地上呢！」

東子罵道：「我說王胖子，你可別再丟人了行不？快撿起來啊？」

胖子說：「我……我他媽的不知道撿嗎？可現在這兩條腿就根本……不聽我使喚了，我蹲不下啊！」

田尋氣得都樂了，說：「我幫你撿，你別亂動啊！」

說完慢慢蹲下來，在地上來回摸了一圈，撿起胖子掉在地上的手電筒，舉起來

說：「胖哥，給你手電筒。」胖子右手一邊抖著一邊接手電筒，可他手心裡都是汗水，一打滑沒拿住，手電筒又脫手了掉在地上，手電筒是圓柱體，掉在地上打了個滾兒，掉進深淵裡，半天都沒有一點聲音傳上來。

禿頭罵道：「笨蛋，瞧你那個笨樣！」

胖子怒道：「你他媽少說我，你不也一樣怕蜘蛛嗎？見了蜘蛛就嚇得尿都出來了！」

程哥說：「都給我住嘴！好了，大家快往左挪步，小心別掉下去。」

過了半天，倒是沒有什麼惡龍或怪物從深淵裡飛出來，大家稍微安了下心。四個人開始向左移動步伐。那座孤零零的石橋看似很遠，其實卻並不太遠，大家小心翼翼地移動了大約一百多米左右，就已經來到了石橋跟前。

這座橋說是橋，還不如說就是一塊長條石板，大約有兩米寬，與五個人腳下的石板地面相連，橋面上沒有任何的護欄或是攔繩，光禿禿的，活像公園裡供遊人探險用的鐵索橋，說來也怪，天空中那輪亮得瘆人的月亮居然移走到了五人面前的位置。

程哥說：「真是怪了，按理說月亮離地球很遠，它的位置不應該變動才對，可現在怎麼跟著咱們走了呢？」

田尋說：「這月亮的亮光很怪異，肯定不是真的月亮，在地底下怎麼會有月亮出現？我可不相信。」

胖子說：「可眼前的東西你又怎麼解釋？」

田尋搖了搖頭：「現在我也說不清楚，只能說這個地方有一股邪氣，所有的東西都不太正常。」

東子說：「行了，別說廢話了，誰先上橋吧？」

胖子連忙說：「我可不上，打死我也不上。」

東子說：「我提議讓田尋先上。」

田尋就怕在這時候有人提他，可怕什麼偏來什麼。

程哥也說：「我年紀大了，腿腳也不如你們年輕人靈便，胖子有恐高症，那你就去打個頭陣吧！」

田尋氣得不行，剛要說怎麼不讓東子去，卻一想，這傢伙心黑手狠，如果惹惱了他，他一高興再把自己給推下去，那可就壞了。於是順水推舟道：「看來我加入這個考古隊的任務就是探路，也好，那我就再當一回孫行者。」

他雖然他嘴上這麼說，可心裡也實在沒底，將背包背在身後，緊握手電筒，先朝石橋的方向邁出左腳，然後又邁出右腳。再邁左腿踏上石橋，田尋沒敢太用力踩，怕這石橋修得不結實，一下就給踩塌了，打眼望去，這石橋的長度最少也在兩百米以上，越遠處就顯得越窄，隱沒在黑暗的地方幾乎都變成一個點了，田尋暗想：「這麼長的橋底下居然沒有一根支架，究竟是怎麼修出來的？下面就是無底深淵，難道事先在深淵下面打上支架，修完橋之後又拆掉了？似乎不太現實，如果說這橋是一體的，可世界上去哪兒找這麼長的整塊石料？」

這時，他想起了上物理課時老師教過的一句話，是說一件物體，如果它的長度越長，其所受的重力累積也就越大，也越有彎曲的可能，就像一塊橡皮泥，把它搓成巴掌長的細條架起來，它也許會保持直的狀態，如果粗度不變，搓成一米長的細條再架起來，中間肯定會彎下去，這就是重力累積的結果。這座石橋有幾百米長，底下一根支架也沒有，光是巨大的重力就能讓它塌掉，更不用說上面走人了。

正在他猶豫不決時，聽得後面東子說：「喂，你磨蹭什麼呢，快走啊！」田尋氣得要死，現在他手上要是有把槍，肯定回頭一槍崩了他，可惜沒有。他定了定神，心想反正也是身入虎口，我現在的處境就是小胡同趕豬——只能朝前了，於是他向前一步一挨地走去。

胖子叫道：「別往下看，眼睛向著前方！」凡是在高處的人，只要不往下看，心裡就不會覺得太害怕，看來胖子雖然懼高，卻也有這方面的常識。田尋眼睛直視前方，連餘光也不敢向下，就這樣走了大約有十幾米，居然平安無事，他一鼓作氣，又走了十幾米，忽然看見前面不遠處端端正正放著一只瓦罐。

田尋仔細看了看，這瓦罐渾身青色，有兩隻圓形提耳，不知道是做什麼用的。石橋的盡頭一片黑暗，也看不出前面是堵死的，還是斷了，冷風吹來，田尋忽然有種感覺，好像從腳下的深淵裡伸出了無數隻看不見的手，慢慢在身邊來回盤旋。

他舉手電筒向前照去，光柱就像被人吞進肚子似的，什麼也看不到，正躊躇間，忽聽頭頂似乎有岩石滾動的聲音。

抬頭看時，只見一塊大石頭從天而降，向田尋直落下來，田尋嚇得神靈出竅，向後連退數步，「砰」的一聲巨響，大石頭狠狠砸在剛才他站的地方，摔裂成了幾十塊，田尋出了一身冷汗，還沒緩過神，又聽頭頂有聲，再一看，又是塊石頭落下，他不敢猶豫，又後退十幾步，忽然腳下一動，竟然有一段橋面塌陷下去，頓時身體向下急墜，田尋沒有時間多做考慮，只能做出下意識的反應，他急忙轉回身體，在快要掉下去的瞬間，他扔掉手電筒，雙手猛地抓住橋面斷口，整個身體懸在深淵之上。

田尋滿頭是汗，對面的程哥、禿頭、胖子、東子他們把全過程都看得清清楚

楚，一直為他捏著把汗，等到田尋腳下踩空，懸在斷橋上時，四人同聲驚呼，胖子更是嚇得渾身冰涼，兩腿彷彿被人抽掉了大筋，這時只要有人輕輕碰一下他的腿，恐怕他立馬就得趴下。田尋不由得朝旁邊看了一眼，腳下漆黑黑的什麼也看不到，但他卻似乎感到下面有萬丈之深，這要是掉下去，鐵定粉身碎骨，恐怕連腸子都得摔到肚子外面來。

田尋死死抓住斷橋，用力將身體向上爬，這時卻聽頭頂又有響動，抬頭一看，一塊巨石照著田尋腦袋就砸將下來，田尋大叫一聲，他不假思索，雙手用力一推，身體向後急縱，同時急速轉身，竟然抓住了身後斷橋的另一端。那塊巨石呼地落下，下落時還刮了田尋背後的背包，險些把他給刮下去。

這個動作，倒有點像美國探險大片裡的一些老套情節，如果田尋在電視上看到這驚險的一幕，多半會微微一笑，不屑一顧。可現在是真真切切地發生在自己身上，他渾身都已驚出冷汗，急喘著氣，連自己都不知道是怎麼做出來的，這麼一來，又變成背對程哥他們四人了。只聽得身後禿頭用雙手攏音大叫道：「快爬上來，快！」田尋心說還用你告訴嗎？我比你可著急多了。

他先抬頭看了一眼，幸好沒有巨石再砸下來，田尋連忙用力向上爬，正在這時，只聽前面窸窣輕響，只見一個小黑影從前面的那只瓦罐裡爬了出來，這黑影速度很快，還沒等田尋看清是什麼東西，那黑影已經爬到他面前，離他的鼻子還不到二十釐米遠，這麼近的距離，看得再清楚不過了，原來這是隻小甲蟲。

這隻甲蟲比拳頭略小一圈，背上長著堅硬的甲殼，甲殼上似乎罩著一層青銅色的光，甲殼下有六隻短腿，前面還有兩隻觸角狀的長螯爪，上面滿是鋸齒，雖然這蟲子不大，卻張牙舞爪，揚著兩隻螯爪，在田尋面前耀武揚威。

第十七章　黑淵

田尋一看這蟲子，心中先是一驚，覺得怎麼有點眼熟，似乎在哪裡見到過，可此時他還沒有脫險，沒閒工夫跟牠扯淡，於是他雙臂用力，想先爬上橋面再說。可沒想到這甲蟲左右晃了晃腦袋，小短腿緊走幾步，居然爬上了田尋的右手手背，揚起兩隻螯爪猛地刺在他手背上，這兩隻螯爪十分尖利，一下就刺進田尋手背上的肉裡，扎得他疼痛無比，一聲大叫，右手一抖身體差點掉下去。

田尋右手連甩幾下，這甲蟲刺得很深，根本沒有甩脫的可能，田尋不再猶豫，右手握拳，翻轉手背朝下，朝石橋猛砸下去，「啪」的一聲，手背實實惠惠地拍在橋面上，那甲蟲雖然兇惡，卻也在這一拍之下「噗」地變成了肉餅，內臟和膿水濺得到處都是。田尋再不敢耽誤時間，連忙奮力爬上橋面，他嚇得不輕，拔掉手背上的死蟲屍體，跪在橋上大口喘氣，身後胖子又大叫道：「喂，你怎麼啦？」

田尋回頭大聲說：「沒事，打死一隻甲蟲，你們過不過來？」

程哥說：「你繼續往前探一探路再說！」

田尋心說，你們真是狡猾狡猾的有，看來我也不用操心他們了，愛來不來吧！

第十七章　黑淵

於是他擦了擦頭上的汗水，繼續向前走去。既然剛才跑來了一隻甲蟲，那證明前面肯定有路，可強光手電筒剛才已經掉到深淵裡了，看不到前面黑暗處的東西，只能硬著頭皮上。

走了不遠就來到那只瓦罐前面，田尋往裡一看，黑漆漆的什麼也看不見，不知道裡頭裝的啥，田尋怒火直冒，乾脆飛起一腳，把瓦罐踢到了橋下，瓦罐翻著跟頭掉進深淵裡。

他邊走邊注意四周的動靜，尤其是頭頂，如果再有落石下來，那可就慘了，不過說來也怪，走了十幾米遠，倒是平安無事，這時已經來到了隱沒在黑暗中的橋面，這黑暗裡頭究竟有什麼東西，手裡沒有手電筒，田尋不由得犯了難。忽然他想起背包裡還有兩支螢光棒，連忙掏出來擰亮，先用其中一支向前方遠遠扔去，只見螢光棒一下就消失得無影無蹤。

這還真是怪了，按理說螢光棒本身就是光源，就是再暗的地方也應該有一點亮光才對，怎麼可能一下就消失了？莫非前面的橋根本就是斷的？田尋更害怕了，他一步一挨地向前蹭，當他來到黑暗之處時，先伸出左腳在橋面上踩了踩，感覺沒什麼異常，這才又邁出右腳，在黑暗中橋面沒什麼變化，只是似乎略微有些往下傾斜，就這樣，田尋步步為營，漸漸走進黑暗之中。

橋的另一端，東子用微型望遠鏡一直盯著田尋，直到他的身影消失在黑暗裡，過了半天也沒動靜。

東子邊看邊說：「我說程哥，難道這傢伙掉下去了？」

胖子說：「不可能，從這麼高的地方掉下去肯定會喊叫，要不我喊一聲試試？」

程哥說：「你喊他一下。」

胖子清清嗓子，雙手攏音大叫道：「田尋，田尋！你在幹什麼？」聲音遠遠傳開，可並沒有人回應。

禿頭有點緊張了，說：「程哥，會不會出什麼事？」

程哥咬了咬牙，說：「走，上橋！」說完就朝橋面走去。

胖子一把抓住他胳膊，央求道：「老程啊，我可有恐高症，我怕我一上橋就邁不動步了！」

東子也擼袖子準備上橋，他滿不在乎地說：「沒事！你要是邁不動步了，我就一腳把你踹下去，看你走不走得動！」胖子一聽他出言嚇唬，更害怕了，說什麼也不走。

程哥說：「你不走也行，那你就在這兒待著，我和東子走！」

胖子帶著哭腔說：「程哥，咱們只不過是拿人錢財、替人辦事，沒有必要在這裡丟了性命吧？」

程哥嘆了口氣，說：「我說王援朝，咱們拿了人家的錢是沒錯，可問題是現在沒有退路，要麼你往前走，要麼就在這裡等死，你忘了先前在五角石廳裡那些餓死的工匠屍骨了嗎？還有剛才關閉的石門，這座大墓都是由能工巧匠修建，只有進路沒退路，我們也不想死，可現在向前走就是唯一能活的機會。」

禿頭說：「你個廢物，你在中間走，我們三人夾著你，沒事的。」

程哥走在最前面，中間是胖子，後面則是禿頭和東子，四個人互相攥著手，胖子乾脆閉著眼睛不睜開，只讓他們三人領著走。這一招倒也管用，有道是眼不見心不煩，這恐高症還真消了大半。程哥走在最前，他一邊領路，一面還得提防頭頂上的落石，現在是四人同走，如果有落石下來，還真是很難躲開，不過倒也奇怪，一直走到斷橋地方時也沒有落石下來。

程哥說：「胖子，到斷橋了，這地方我不能領著你，必須得你自己跳過來。」

胖子的汗當時就下來了，他說：「我可不敢睜眼哪！」

東子不耐煩地說：「你不睜眼也行，要是相信我的腳法，我就一腳把你踢過去！」

胖子哭喪著臉說：「得了，那還是我自己跳過去吧！」這段斷面只有不到一米左右，程哥瞅準落點，一個飛躍就跳過去了，然後回過身來說：「胖子，快跳過來，我在這接著你呢！記住你看準這邊的斷面再跳。」

胖子低頭一看，斷裂的地方黑漆漆的，似乎在萬丈深淵裡有無數個跌死的鬼魂在向他招手，頓時頭昏眼花，身子一歪就要往下掉。

禿頭連忙抱住他，罵道：「你個白癡，真是屋漏偏趕上連夜雨，怎麼都讓你攤上了呢？」

胖子都要哭了，程哥說：「老李，你別罵他，讓他自己靜一下，跳過來就好了。」

東子說：「胖子，搞機械工程我不如你，可要是比膽量，那你就差遠了，你這膽子還不如一個娘們兒呢！」

胖子說：「你放屁！現在我是虎落平川被犬欺了。」

東子說：「怎麼你不服氣啊？那你跳過去試試？你能過去我就叫你一聲胖哥！」

胖子鼓起勇氣，一咬牙說：「程哥你接住我！」右腳踩在斷口處，用力一跳，縱身躍過斷橋，程哥「嘿」的一聲，將他穩穩抱住。

第十七章　黑淵

禿頭和東子隨後輕鬆躍過，說來也怪，自從胖子跳過斷橋之後，膽子馬上就大起來了，居然可以不用別人領著，自己在橋面上走，看來這恐高症已經被這驚世駭俗的一跳給徹底治好了。四人走到黑暗處時，程哥用手電筒來回照著，卻什麼也看不到，程哥說：「真他媽邪門了，連強光手電筒都看不到東西！」

胖子說：「這前面連橋面都看不到，我們怎麼走啊？」

程哥剛要說話，就聽遠處下方似乎有聲音隱隱傳來：「快下來……」

禿頭豎起耳朵說：「我好像聽到誰說話了？」

東子說：「我也聽到了，是田尋的聲音，沒錯，不信你們再聽？」

這時，又有聲音傳來：「快下來……晚了就來不及了……照直走……」

聲音細若游絲，程哥說：「的確是田尋的聲音，他好像讓我們快過去！」

東子說：「會不會是這小子在耍詐？」

程哥說：「不會，他有什麼必要耍詐？現在我們四人的處境是相同的，只有齊心合力才能活著出去，走吧！」

走了幾步，程哥說：「真是奇怪，這橋面好像在往下斜？」

胖子說：「剛才田尋不是說『快下來』嗎？他為什麼不說『快過來』而偏偏說『快下來』？看來沒錯！」

四人再不懷疑，踩著傾斜向下的橋面摸黑走去，好在腳下的路是直的，不然在這黑暗裡走路，還真不容易。東子用手電筒照著腳下的橋面，說：「這橋上被塗過什麼特殊的東西，強光手電筒的光柱打在上面，居然一點反射都沒有，怪不得手電筒都看不到東西，開始我還以為是距離太遠，原來是這麼回事。」

胖子說：「咱們這麼走，什麼時間能走到那些宮殿裡去呢？我現在還真想看看那一大群宮殿裡都有什麼東西。不過那裡既然亮著燈，肯定是有人居住吧？說不定還能碰見神仙呢，哈哈！」

東子忽然了叫起來：「不對呀，你們看，那些宮殿現在怎麼都看不見了？」程哥和胖子一看，果然，四面都是漆黑一片，原本那些佇立在深淵之中的，巍峨雄偉的宮殿現在卻一座也沒影了，程哥說：「這地方邪氣太重，咱們趕快離開這裡！」

東子回頭看著半空中那輪怪異的月亮，心想這月亮多半也是假的，忽然有了一種衝動，他從腰間的槍套拔出手槍，瞄著那輪月亮扣動扳機。

在寂靜的環境中，猛然響起的槍聲把程哥和胖子都嚇了一大跳，尤其是胖子，嚇得差點沒蹦起來。

程哥回頭嚴厲地說：「東子，你幹什麼開槍？」

東子一吐舌頭，說：「我就是看那月亮彆扭，忘了通知你們了。」

第十七章　黑淵

胖子本來膽就小，這一下氣得夠嗆，剛要張嘴罵東子，忽然聽到噗哧噗哧的響聲，他害怕地說：「你們聽，有什麼聲音？」

程哥指著月亮說：「你們快看那月亮！」

東子和胖子抬頭一看，發現懸在半空的那輪月亮顏色變得更亮了，而且還不停地往下流著一些像火山噴發時的岩漿似的東西，這些東西落在深淵下，發出「噗哧、噗哧」的聲音。

禿頭邊看邊說：「東子，你把月亮給打漏了？」

東子掏出微型望遠鏡看去，只見那「月亮」上面已經有了幾道明顯的裂痕，那些岩漿就是從裂痕裡湧出來的。

程哥說：「東子別看了，這月亮肯定有鬼，咱們快走！」

三人腳下加快向前走去，忽然間轟隆之聲驟響，腳下也在不停地震動，就像地震了一樣，同時周圍的環境也越來越亮，不像先前那樣漆黑一片，伸手不見五指了，這時胖子向下看了一眼，說：「你們看底下有什麼？根本不是什麼深淵！」

三人朝下一瞅，在石橋之下有一個不足十米的方形大坑，坑裡堆滿了黑乎乎的好像泡沫一樣的東西，這座石橋的下面有數十根支梁，梁上塗著黑色顏料，石橋的前半部分橋面也塗著同樣的黑色顏料，怪不得在沒有光源的情況下，就像無底深淵似的。

再向右看，更加恍然大悟，只見右面有一堵巨大的石牆，牆上懸著一大幅畫，畫上的圖案正是那些巍峨高大、雄偉陰森的宮殿，圖案可能是用有夜光功能的顏料畫就，所以在黑暗之中就有了閃閃發光的效果，大廳兩邊也塗著黑漆，這幾種東西組合在一起，然後處在黑暗環境下，於是就給人一種視覺上的錯覺，好像身處一個萬丈深淵的懸崖邊上似的。

石橋下面的黑色東西不知道是什麼材料，但想必是帶有劇毒，如果有人從橋上走，被這陰森的環境所矇騙不小心掉下去，其結果肯定是立即喪命，而這些東西又有吸音和緩衝的特性，人掉下去還不會發出聲音，看上去就跟掉到無底洞一個效果，這麼高超的偽裝術，也不知出於哪位工匠之手，如此高明的手法，完全有資格拿下任何一屆的奧斯卡最佳視覺效果大獎。

看清了周圍的形勢，大家的心裡頓時有了底，同時也在暗罵設計這個佈景的人。

胖子說：「這他媽的把咱四個都給騙住了，要是傳出去，可真丟大臉了！」

東子譏笑說：「丟臉的是你，跟我們可沒關係！」

胖子惱羞成怒：「東子，出去之後你要是敢在背後說我壞話，你他媽的就是我孫子！」

正說著，忽聽身後喀喇一陣大響，四人回頭一看，只見後面的橋面斷裂了好幾塊，而且還在繼續坍塌，程哥大叫：「快跑，晚了就來不及了！」

好在周圍的能見度高了許多，前面不遠處就是一個拱形的門洞，大夥沒命地往門洞處跑去，只聽身後轟響聲越傳越近，想必是石橋一路塌陷不停，這可真叫「與死亡賽跑」，此時只恨爹媽少生了幾條腿，最好是肋生雙翅，縱身飛過去才最理想。整個大廳震動得越來越厲害，忽然，半空中那輪「月亮」猛地掉了下來，一頭栽進大坑裡，坑裡那些黑乎乎的東西一遇到這「月亮」，立刻燃燒起來，大廳中頓時充滿了一股刺鼻的二氧化硫的味道。

四人無暇顧及，繼續向前跑，前路漸漸開闊，忽見一個人影以極快的速度晃過，程哥衝那黑影大叫：「田尋，前面有沒有路，往哪邊去？」

田尋卻並不答話。胖子以為田尋已經找到了出口，連忙說：「快跟著他走！」四人都跟著黑影跑去的方向急追，東子跑得最快，等他來到黑影近前時，卻發現這黑影又高又瘦，似乎不像是田尋，正警覺間，那黑影猛地回頭，如鬼魅般伸出一隻手抓向東子面門。

東子沒防備對方還有這一手，等回過神來，脖子已被那人牢牢捏住，他只覺喉

管一陣劇痛，立刻便想這黑影絕對不是田尋，這隻手力量極大，沒練過功夫的人根本不可能有如此手勁。東子身形左晃，雙臂夾住那人胳膊用力一拗，同時飛起左腿狠狠踢向那人的右肋。

這一套動作是從中國傳統拳法「小擒拿手」中演變出來的，專門用來對付暗中偷襲的敵人，此招非常有效，其實說白了，就是想盡辦法讓對方的身體失去平衡，中國武術界有句俗話，叫做：腳有千斤墜，拳有萬斤力。意思就是說練武的人只有腳下馬步紮得穩，出拳才有力量，如果身體沒了重心，腳步虛浮，那你功夫再高也得輸。

這一腳結結實實踢在那人右肋上，東子只覺左腳尖一陣劇痛，好像踢在鋼板上了似的，不過那人也晃了晃，抓著東子的手也鬆開了，東子趁機縮手後退幾步，朝那人頭部連開兩槍。

那黑影中槍後似乎沒什麼大礙，身形一晃就沒入黑暗中。

這時聽程哥在另一邊大喊：「東子快來，田尋在這邊！」東子也無心再和那黑影糾纏，連忙朝程哥處跑去。四人相繼衝進拱形門洞裡，前腳剛進去，就聽身後轟隆巨響，整個大廳都塌了，把門洞堵得嚴嚴實實。

進到門裡，四人見這裡是一個方形石室，一眼就看到田尋手拿螢光棒，在石室裡貓著腰不知在看什麼，似乎對外面剛發生的一切漠不關心。大家剛脫了險，都跑到田尋身邊，坐在地上大口大口喘氣。

胖子邊喘氣邊說：「我說老田哪，你是沒看到剛才那驚險的瞬間，我們四個就像《奪寶奇兵》電影裡的瓊斯博士一樣，冒著九死一生的危險逃出生天，可惜你沒有親眼目睹這精彩的一幕，唉，可惜呀，恐怕你得後悔一輩子。」

田尋連看都沒看他一眼，平靜地說：「英雄我沒看到，我就知道你們四位英雄開始誰也不敢上橋，逼著我一個人打頭陣。」

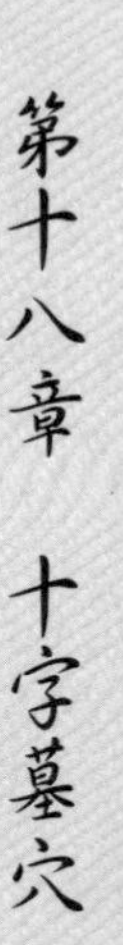

第十八章　十字墓穴

東子把眼一瞪：「你他媽說誰呢？是不是又想挨揍了？」

程哥又不失時機地充當和事佬：「好了好了，現在我們都安全了，這就比什麼都強，還吵個什麼勁啊？對了東子，剛才你在那邊幹什麼來著？」

東子說：「我也在奇怪，有個傢伙躲在暗處向我下手，那人外家功夫不錯，不知道是什麼人。」

禿頭說：「這陵墓都封閉了一百多年了，怎麼還會有人？那可真奇怪了。」

胖子說：「就是，我還以為那人影是田尋呢！現在連退路也堵死了，這可怎麼辦？」

田尋說：「你們先看看這個。」

程哥和胖子都把強光手電筒舉起來一照，頓時愣住了，只見石室地當中有一個十字形的石臺，石臺約有一米高，上面雕著一匹像鹿又不像鹿的石獸，旁邊還刻滿了各種圖案和文字。石臺上吊著一盞長明燈，裡面亮著幽幽的燈光，除了石臺和長明燈之外，石室再無其他擺設，也沒有別的出口。

胖子邊走邊問：「這盞燈是你點著的嗎？燈光也太暗點了，跟沒點一樣。」

田尋說：「這燈不是我點著的，是棺槨長明燈，看來已經燃了一百四十多年了。」

禿頭驚訝地說：「什麼，燃了一百多年？那是用的什麼燃料啊？」

田尋看了看燈盞裡說：「這裡有一些燈油狀的液體，很有可能就是傳說中的深海鮫人膏。」

胖子不解地問：「什麼是深海鮫人膏？」

田尋說：「深海鮫人是一些生活在北歐和北冰洋海域深處的遠古生物，據目擊者說外形有點像哺乳動物中的儒艮，也就是俗稱的『美人魚』，也是上身像人、下身是魚尾，但這種鮫人可不像儒艮那麼善良，牠們長相醜陋，性情兇猛，全身上下都是漆黑色，嘴裡還長有獠牙，專門在夜間出來襲擊過往船隻上的船員，然後生吞活吃。很多人專門到牠們出沒的海域想要抓到活的人魚，但經常是無功而返。」

「不過，也有偶爾能抓到一個兩個的，他們把抓到的深海鮫人捆牢後高高吊起，放在太陽下面曝曬，這些鮫人的皮下有豐富的油脂，而且牠們有個致命的弱點就是害怕陽光，在烈日一曬之下，體內的油脂就開始融化，人們則在下面放一個容器來盛這些油脂，這種油脂潔白如奶，非常黏稠，最主要的是十分耐燃，指甲蓋大小的一塊人魚膏插上燈芯，可以連續燃燒一年多，因此這種鮫人膏也是異常珍貴，連皇室裡也沒有多少存貨。聽說在清末時期，有一批西班牙商隊首次來到中國，為了能在中國順利打開通商市場，他們向慈禧太后進獻了鴨蛋大的一塊鮫人膏，可那慈禧太后迂腐無比，也不太識貨，沒把它當成什麼好東西，隨手就賞賜給了手下的一個小太監，那小太監又轉手賣給一個義大利傳教士，賣了一百兩黃金，那小太監也因此發了大財，捐了個首領太監的職位；而那位義大利傳教士回國之後，義大利國王出二十萬枚金幣買下了這塊人魚膏，而在那時的義大利，二十萬枚金幣足以買下一座城堡。」

胖子和禿頭聽入了神，胖子讚嘆地說：「我說老田，你怎麼懂得這麼多？真行！」

田尋笑了：「我也是從一些古代書籍和文獻上看到的，我在古籍出版社做編輯工作，平時的工作就是看書，所以就知道一些這種知識。」

程哥也說：「其實關於鮫人膏的記載在中國古代也有不少，在《史記》裡的秦始皇篇中不是也說，秦始皇陵的地宮內就有『以人魚膏為燭，度不滅者久之』的長明燈嗎？《山海經》裡也有記載，所謂的人魚膏其實就是鯨魚的腦油，這種腦油能量很高，每平方米的鯨魚腦油就能燃燒五千多天。」

第十八章　十字墓穴

田尋說：「五千多天折合成年，也不過十幾年而已，按此推算，一百四十多年的時間就得用十多平方米的鯨魚腦油，足以堆滿半間石室，現在這盞長明燈只有半個西瓜皮大小，卻已經燃燒了一百多年，豈不是神奇得多？」

禿頭聽後欣喜地說：「既然這鮫人膏有這麼珍貴，那我可得挖一塊帶回去，回頭也能賣個大價錢！」說完就要踩著石臺上去摘長明燈。

程哥一把攔住他：「你給我下來！這棺槨長明燈是用來鎮住死者亡靈用的，如果它一旦滅了，死者的靈魂就會被釋放出來，為禍生者。」

禿頭很不情願：「都是迷信騙人的，我可不信那東西。」嘴上雖然這麼說，卻也不好意思和程哥對著幹，於是他岔開話題，「這燈為什麼叫棺槨長明燈？這裡哪有棺材？」

田尋說：「你還沒看出來嗎？這個十字架形的石臺就是一口棺材。」

禿頭和胖子聽他這麼一說，立時就跟打了興奮劑似的，自從進到這個墓裡來，大家還沒看到過半口棺材的影兒，這下看到有口棺材，兩人簡直跟見了親人那麼高興，他倆彎下腰跟相對象似的一通細看，一邊看嘴裡還嘟嘟囔囔：「可算看到棺材了，洪秀全這老哥們也太謹慎了，一個破墓還修這麼複雜，那也攔不住我們英勇的革命志士不是？哈哈哈……」

他的笑聲戛然停住了，田尋笑了笑說：「胖哥，怎麼不笑了？」

胖子指著棺材說：「程哥，你快看這上刻著什麼？」

程哥走過來，用手電筒一照，只見十字形石臺上除了那個半跪著的石人之外，下面還刻著一行大字「聖神風禾乃師贖病主左輔正軍師中軍主將東王九千歲之墓。」

這行大字的下面還有四句話「十誡加身，勿近勿動。違者遭譴，生不如死」。

禿頭說：「這是什麼意思？好像在說咱們？」

田尋直起腰來，將螢光棒收起說：「這聖神風九千歲就是太平天國的東王楊秀清的封號，他在告誡我們，如果誰要是靠近他的棺材，就會讓他死得很難看。」

東子聽了哈哈大笑，說：「你可太天真了吧！這種糊弄幼稚園小孩的話也能信？我東子也搞過大小幾十座墓葬了，什麼陣勢沒見過？我他媽的今天還就要動它了！」

程哥也說：「現在我們不是已經靠近了嗎？田尋，這就是你不懂了，陵墓的主人當然不希望有人去破壞他的陰宅，這種話也就能嚇唬嚇唬膽小的生手，十多年前在山東濟寧發掘了一座漢貴族大墓，地宮大門上刻有一句咒語『諸敢發我丘者令絕毋戶後』，可還不是一樣被考古隊給搬了個精光。」

胖子一聽，心裡有了底，說：「是嗎？那我就放心了。」

程哥又說：「最有意思的應該是一九七二年六月，在徐州龜山發現的西漢第六代楚王劉注夫婦的合葬墓。當時在封堵墓門的甬道最外邊發現了一塊後來被考古隊命名為『第百上石』的塞石，上面刻了『楚古尸王通於天述葬棺郭不布瓦鼎盛器令群臣已葬去服毋金玉器後世賢大夫視此書目此也仁者悲之』這句話。」

東子問：「這一大串話是什麼意思？亂七八糟的聽不懂。」

程哥說：「這句話的大意是說：『後世的賢大夫們，這裡下葬的雖然是貴為王侯的一代楚王，但我敢向上天發誓，墓裡既沒放置華貴的服飾，也沒有值錢的金銀玉器，只不過埋了我的棺木及屍骨。當你看到這刻銘時，心裡一定會為我感到悲傷，所以你們就沒有必要動我的墓穴了。』這塊塞石就放在地宮入口外的墓道邊上，凡是進入地宮的人，頭一眼就能瞧見這段用詞懇切的告白。」

胖子奇道：「真的？世上還有這麼窮的王侯墓？」程哥說：「當然不是了，這座大墓在劉注下葬還不到一百年的王莽時期就被盜了頭一次，六百多年後的南北朝時代又被搞了個底朝天，當現代考古隊進到墓葬裡時才發現，裡面除了一些破碎的玉器和陶俑之外，幾乎沒留下一件完整值錢的東西。」

胖子和東子都哈哈大笑，東子說：「這個楚王哥們還挺逗，他不說還好，這麼一說反而被盜得更慘。」

程哥冷笑著說：「這種『此地無銀三百兩』的話，在盜墓者眼裡壓根不值一看，因為他們根本忽略了最重要的一點，那就是凡是盜墓的肯定都是窮得發瘋的人，這種無法無天的人會有同情心嗎？」

胖子來了精神，說：「就是，我們現在也是無法無天的人，不是說鬼也怕惡人嗎？那還有啥顧慮？」

田尋在一旁冷冷地說：「你也是盜墓的嗎？」

胖子發覺說走了嘴，連忙笑著說：「我哪能是盜墓的呢？我們可是正宗的考古工作者啊，是不是程哥？」

程哥也尷尬地笑著說：「就是就是，田尋，你怎麼能把我們和盜墓的扯一塊呢？真是開玩笑。」

東子又來了脾氣，他上前一步，蠻橫地對田尋說：「考古的怎麼樣，盜墓的又怎麼樣？你少管我們是幹什麼的，現在就老老實實地跟咱們走，少那麼多廢話！」

程哥板起臉，對東子說：「你哪這麼大火氣？我看就是你廢話最多！」

東子看了看程哥，有點不耐煩地說：「程哥，你這麼跟我說話可就不對了，我平小東從來就沒有看別人臉色的習慣，咱可都是拿人錢幹活的，嘴長在我自己鼻子底下，誰也管不著我想說什麼。」

程哥一聽，頓時氣得沒了話說。他知道東子性格桀驁，仗著自己年輕氣盛，再加上會些功夫，誰也不放在眼裡，從不懂得什麼叫尊敬別人，要是惹翻了他真動起手來，四個綁在一塊兒恐怕也不是他的對手，於是他強壓火氣，臉上堆著笑說：「行了，東子，咱們別鬥嘴了，現下最主要的還是大夥齊心合力找到寶藏，到那時候大家就都有交代了！」

胖子也說：「就是就是，現在咱們就先把這石頭棺材弄開，這棺材還真特殊，十字形的棺材我真是頭回見過。」

田尋說：「想弄開這石棺？恐怕不太容易，你們沒發現這棺材有什麼特別之處？」

程哥說：「特別之處？我看看……咦，這棺材怎麼沒有蓋兒啊？」

胖子和禿頭看了後，也都奇怪地說：「真的沒有棺材蓋，他媽的這哪是棺材，整個一塊大石頭啊？」

田尋卻自言自語地說：「楊秀清在天京內訌時就被洪秀全和韋昌輝殺死了，以罪誅的人，又怎麼可能出現在洪秀全的墓裡呢？真是怪事。」

程哥打著手電筒在石棺上來來回回地照著，邊照邊說：「他畢竟是東王，身居

五王之首，可能洪秀全念著他的好處，給他在這安了個家吧。我說這石棺還真沒有蓋，也沒有縫隙。怎麼打開呢？」

田尋說：「我看也有可能是個幌子，裡頭還指不定有啥呢！」

禿頭指著石臺上跪著的那個鹿形獸：「這是鹿嗎？怎麼腦袋不像呢？」田尋仔細一看，見這獸長著鹿的身體，卻長著孔雀似的頭，頭兩側有鹿角，尾巴又細又長好像蛇尾，身體上滿是金錢豹紋。

禿頭說：「這他媽的哪是鹿啊？整個一四不像！」

田尋想了想說：「這好像是中國上古神話裡的風神，名叫『飛廉』，是黃帝的手下大將，負責掌管大風。傳說他在什麼地方出現，那裡就會連刮上三天三夜的大風。」

胖子說：「那在這石棺上雕刻風神又是什麼意思？」

程哥想了想說：「以我推測應該是這麼回事，洪秀全三十八歲生日那年他創立的拜上帝會為他祝壽，當時的拜上帝會向外界宣稱，洪秀全是聖子，楊秀清是聖靈，蕭朝貴是雨師，馮雲山是雲師，韋昌輝是雷師，石達開是電師，把這六個人都給神化了，用來蒙蔽會眾和百姓。」

禿頭說：「那也沒什麼奇怪的，凡是宗教不都是這樣嗎？」

程哥說：「你不懂，基督教裡的聖靈又被中國人翻譯為『聖神風』，英文叫Holy Spirit，這個『風』的意思是『風格、風骨』的意思，而洪秀全卻給說成是颳風下雨的風，同時在基督教中又稱聖神風為『保惠師』，於是洪秀全順便又創造出了雨師、雲師、雷師、電師四位大哥，這種把中國傳統神話和基督教義捆綁在一塊的宗教，在中國也應該算是空前絕後了，也只有洪秀全能想得出來。所以楊秀清的封號既然是『聖神風』，所以就在他的棺材上雕上風神。」

胖子說：「這回我明白了，沒想到這太平天國還有這麼多說法。洪秀全把楊秀清說得這麼邪乎，好像他會妖術似的，到頭來還不是一樣死後進棺材。」

田尋也說：「我看也是，無非是一種四不像的教義罷了。哎，你們看，這棺材上還有別的東西。」

程哥和胖子、禿頭都湊過來看，東子則站在一邊抽著煙，一副事不關己的模樣。程哥貼近石棺一看，只見在那句詛咒話的下面還刻了很多幅圖，最上面的圖是一個人跪在另一個頭戴盤龍冠的皇帝模樣人腳下，下一幅圖是剛才跪著那人站在皇帝面前，神情倨傲，似乎沒把他放在眼裡。

程哥看了田尋一眼，說：「這頭戴盤龍冠的人肯定就是洪秀全了，那這跪著的人是楊秀清嗎？」

田尋說：「我猜肯定是他，因為只有他才敢對洪秀全這麼無禮，史書不是記載說，楊秀清在天京城裡權傾朝野，身為九千歲的他，後來竟然逼著洪秀全親自到他東王府裡去封他為『萬歲』嗎？」

禿頭說：「封他萬歲？這姓楊的也太狂了吧？皇帝不是才叫萬歲嗎？」

田尋說：「這個東王楊秀清權力非常地大，在剛成立拜上帝會的時候，有一次馮雲山被官府抓進去了，拜上帝會群龍無首，會裡的一些會眾開始人心渙散，想離會而去，楊秀清靈機一動，假稱『天父下凡』，借天父的名義留住了這些會眾，從那之後，他就經常用這個方法來向天王洪秀全發號施令，洪秀全明明知道他是在裝神弄鬼，可又不能直說，於是只能忍氣吞聲。後來太平天國定都南京，形勢大好，楊秀清有些不甘心做二把手，於是他又借『天父下凡』的名義把洪秀全召到了東王府，對洪秀全說：『你和東王都是我的兒子，東王功勞這麼大，怎麼能只封為九千歲呢？』」

胖子問：「那洪秀全怎麼說？」

田尋說：「洪秀全聽了之後，氣得火冒三丈，可又不敢惹這個『天父上身』的楊秀清，於是他說：『東王打下了天國江山，也應該是萬歲。』楊秀清又問：『那東王的兒子又豈止是千歲呢？』洪秀全無奈地說：『東王既然是萬歲，那世子也是萬歲，而且世世代代都是萬歲。』楊秀清這時才心滿意足地說：『太好了，那我就回天上去了。』」

幾人聽了田尋的敘述後都覺可笑，胖子說：「這個楊秀清也太幽默了，可惜他沒生在現代，要不然的話就憑他的演技，奧斯卡金像獎對他來說還不是小菜一碟？」

禿頭也插嘴說：「他要是萬歲，那把洪秀全往哪兒擱？乾脆就叫一萬零一歲吧！」

程哥笑了，說：「還是你聰明。」

大家再往下看石臺上的圖案，下一幅場景是楊秀清坐在一桌酒席上，旁邊坐滿了人，其中一個女人站起來向他敬酒，胖子說：「這娘們是誰啊？長得還挺漂亮的。」

程哥說：「是女人應該是洪宣嬌，她是洪秀全的妹妹，被稱為『天妹』。也是西王蕭朝貴的老婆，蕭朝貴在長沙前線戰死之後，她就跟楊秀清有了私情。」

胖子哦了一聲，說：「哎，你們看下一幅，楊秀清身邊那人怎麼把他的腦袋給砍掉了？」

幾人仔細一看，果然，楊秀清身邊那人手持利劍，揮刃將楊秀清的頭砍了下來，旁邊那女人則是一臉陰笑。

第十九章　石棺

程哥不由得打了個寒戰，說：「這人肯定是韋昌輝了！據記載，洪宣嬌和楊秀清有私情，可後來楊秀清又看上了太平天國女科第一任狀元傅善祥，洪宣嬌爭風吃醋，又拿為人精明的傅善祥沒有辦法，於是她心生歹意，聯合韋昌輝在東王府大擺筵席，讓韋昌輝親手殺死了楊秀清。」胖子說：「我操，這娘們心也太黑了吧！這不是謀殺親夫嗎？」

田尋白了他一眼：「楊秀清不是她丈夫，只是情人而已，還談不上謀殺親夫！」

大家再看下一幅場景，畫中的地面被挖開一個十字形的墓穴，丟了腦袋的楊秀清大張雙臂躺在裡面，墓穴旁立著一根高竿，上面懸著楊秀清的頭顱，周圍還跪了一圈人，點著無數支蠟燭。洪宣嬌則站在一邊，身穿古怪的長袍袖衣服，雙手捧著一只瓦罐，看上去像是在舉行著某種儀式。

田尋一看畫的這瓦罐，頓時一驚，心想這瓦罐無論從樣式還是線條來看，都和剛才在斷橋上踢飛的那只幾乎一模一樣。

第十九章　石棺

胖子說：「這洪宣嬌怎麼穿得跟個巫婆似的？」再看下一幅場景，不由得嚇了一跳：洪宣嬌將手裡的瓦罐傾斜著對準凹坑，裡面灑出無數黑點掉進墓穴裡，已沒了腦袋的楊秀清居然張開雙臂拚命掙扎，似乎活了一樣。

田尋驚道：「這是什麼邪術，竟然能讓死人復活？太可怕了！」

程哥也說：「難道是湘西傳說的起屍法？或者是雲南苗族痋術？洪宣嬌是太平天國的女將領，怎麼還搞這一套把戲？」

再往下看，洪宣嬌手托放有楊秀清頭顱的托盤走開，旁邊跪著那幾人則用力將一個十字形的大石塊推到墓穴上封死。看完這幅場景，胖子和程哥都欣喜不已，程哥說：「原來這石塊並不是棺材，它是實心的，只有移開石塊，下面才是楊秀清的墓穴。」

田尋卻在喃喃地念著：「十誡加身……生不如死……」

胖子拍了一下他，說：「喂，老田，你想什麼呢？」

田尋說：「我總覺著有什麼事情不太對勁，你們有沒有想過，楊秀清犯上作亂，應該是大逆不道的罪名，殺他也是洪秀全的意思，像這種罪名的人，洪秀全怎麼能讓他來陪葬呢？這不是不合常理嗎？」

程哥想了想，說：「這楊秀清畢竟是東王九千歲，當初他和洪秀全一起創辦了拜上帝會，應該是洪秀全的開國元老和最得力的助手，雖然他有罪被殺，可後來洪秀全還是撤銷了楊秀清圖謀篡位的罪名，並把他死的那天定為『東王升天節』。」

田尋搖了搖頭說：「就算是這麼回事，那『十誡加身』又是什麼意思？這個『十誡』好像在聖經裡有提到過，說是上帝告誡人類有十種罪過，要時時注意不能違反。可這『十誡加身』又應該做何解釋？」

程哥不在乎地說：「這個十誡也許就是指這個十字形的石塊呢！再說了，剛才你也說過，像這種半通不通的四不像理論，咱們根本沒有必要去理會它，我程思義見過多少墓葬，什麼詛咒、恐嚇的東西見得太多了，都是騙人的，可是讓它給唬住了，那可讓人笑掉大牙了！」

胖子早就按捺不住，躍躍欲試地說：「就是就是！快別廢話了，咱們四個一起把這大石塊推開，看能不能推得動！」說完就去用力推那十字石塊。

田尋臉上變色，大叫一聲：「先別動，你們聽我說！」

胖子被他嚇了一跳，差點把腰給閃了，他有點生氣了，說：「你怎麼像得了精神病似的？有話快說！」

田尋說：「這楊秀清只不過是個陪葬者，他的墓室既然這麼小，估計洪秀全也不會給他什麼太好的待遇，也沒什麼有價值的陪葬品，我們何必非要挖開不可呢？

不如再找其他出口，也許洪秀全的墓室就在不遠處也說不定。」

胖子一聽還真動了心，他剛要問程哥，卻見東子不知什麼時候衝了過來，說：「你們別聽他胡說八道，我們來幹什麼來了，不就是為了這個嗎？不管他有沒有陪葬品，挖開看看再說！」

胖子是個隨風倒，耳根子軟，東子這麼一插手，他腦瓜也熱了：「對！不管有沒有，先整開再說，來！」

於是除田尋外的四人一起站在十字形石塊的一側，準備動手。田尋緊張地說：「你們就不怕會觸動什麼機關嗎？」

程哥扭頭生氣地說：「你還磨蹭什麼？快來推啊？」田尋也沒招了，看來這幾位是王八吃秤砣——鐵了心，他只好硬著頭皮加入到四人中間跟著一塊推。程哥口裡喊號，一，二，三，四！大家用力推動石臺，一推之下，感覺沉重的石臺似乎動了一下，程哥剛要再喊口號，忽然石室裡光線變暗，大家抬頭一看，吊在室頂的那盞長明燈居然滅了。

禿頭有點心虛，說：「程……程哥，這石室裡好像有風。」可大家心裡都很清楚，這石室不過二十平方米，就只有一個門，還讓外面的石塊給堵了個嚴嚴實實，又怎會有風？

程哥安慰他說：「沒事，大不了再把它點著。」說完他登上石臺，用手電筒照著燈盞，掏出打火機就去點那燈芯。

還沒等程哥點著長明燈，忽聽遠處傳來一聲若有若無的響聲，這聲音低沉發悶，好像有人在地底深處的什麼地方敲鼓。

程哥低頭問：「你們聽到什麼聲音沒有？」

胖子說：「好像聽到一點動靜，老田，你聽見了嗎？」

田尋說：「似乎是從下面傳來的，這石室下面好像另有祕道？」話音剛落，又傳來一聲響，這聲比剛才的聲音更大些，大家聽得更清楚了，只是聲音還是一樣的低沉。

程哥說：「我怎麼感覺腳上有震感，你們有感覺嗎？」

四人都搖搖頭說沒有，田尋右手扶在石臺上，左手掏出強光手電筒在石室內照射，這時又連響兩聲。

田尋說：「我怎麼感覺左手沒有震感，而右手卻有呢？」胖子說：「你右手不是扶在這石臺上嗎？會不會和這石臺有關係？」

田尋臉上變色：「這石臺是用來封住楊秀清墓穴的，難道……」

程哥連忙跳下石臺，說：「大家把槍都掏出來，小心有變！」五個人立時跳開靠在石室牆上，拔槍在手，眼睛死盯著那十字石臺。

響聲愈來愈頻繁，也愈來愈響，幾人處在這斗室之中，四把強光手電筒的光柱交匯在一起照在石臺上，幽暗的石室和強烈的光柱，形成鮮明的對比，在這不足二十平方米的石室內，除了五人粗重的呼吸聲之外，就只有那一聲緊似一聲的悶響，如戰鼓般從石臺下面傳將出來，似乎每一下都震到人的心裡。

一連響了百十來聲，忽然胖子驚呼道：「裂縫，石臺上有裂縫！」果然，從石臺上面出現了一道細細的裂隙，就像閃電的形狀，彎彎曲曲地一直通到下面，裂縫越來越大，漸漸整個石臺都佈滿了各種形狀的裂縫，縱橫交錯，就像被敲破了皮的茶葉蛋。忽然一聲巨響，整個石室就跟地震了似的，十字架形的石臺被巨大的衝擊力量震到了半空中，又分成數十塊落在地上，大大小小的石塊在地上彈起滾動，碎石和煙塵四散飛濺，五個人被嗆得連連咳嗽，都下意識地用手擋住臉、低下頭，生怕被石塊崩傷了眼。

很快石室裡又恢復了平靜，除了滿屋的煙塵之外並無什麼動靜。四道光柱重新照向原先石臺的位置，清楚可見四散飛揚的煙塵在光柱裡彎曲飄動，地面上露出了一個十字形的墓穴，旁邊還散落著一些沒有震飛的石塊。墓穴裡黑沉沉的，從遠處也看不到裡面有什麼。程哥心裡怦怦跳，聲音發顫地說：「大家都別亂動。」

不過這話對胖子來說可完全是多餘，因為他膽子最小，在這種情況下絕對不會擅自行動。

忽然，幾個小黑影從墓穴裡爬出來，穿過眾多碎石爬到外面，大家一看，原來是七、八隻黑色的硬殼甲蟲，這幾隻甲蟲揚著兩隻螯爪在空中左右探了探，似乎有點懼怕強光手電筒射出的強烈光線，都迅速地爬向石室角落，瞬間就消失在黑暗裡。田尋心裡一驚，這些甲蟲無論從外形還是大小，都和剛才在斷橋那裡遇到的甲蟲幾乎一模一樣，他想提醒其他四人，但一轉念又打消了念頭。

東子好奇地說：「這是什麼蟲子？怎麼這墓裡頭還有屎殼郎？」

禿頭撓了撓腦袋，奇怪地說：「我只聽說過陵墓裡有蛇，有鼠婦還有蜈蚣，卻頭回聽說有屎殼郎的。」

又過了半晌，也沒見有什麼僵屍之類的東西從墓穴裡爬出來，胖子說：「程哥，要不咱們過去看看？」

程哥說：「行，你們幾個去看看。」嘴上雖然這麼說，腳底下卻絲毫沒有動彈的意思。

東子說：「咱們一起去。」

程哥猶豫了一下，說：「還是你們去吧，我在這兒掩護你們。」

禿頭說：「程哥你可真能逗，就這麼點地方還用得著你掩護？咱們還是一起過去吧！」

程哥說：「我有點頭暈，還是你們去吧！」

東子打趣說：「我說程哥，你不是怕有僵屍蹦出來把你給吃了吧？我們這裡屬你幹這行的年頭最多，難道你還怕看棺材嗎？」

程哥臉上露出不自然的表情，他對田尋說：「你打頭陣去看看！」

田尋心想，這幫混蛋多半都得同意讓自己去探路。果然，四個人都把臉轉向田尋，眼神裡含情脈脈、柔情無限。田尋哼了一聲，說：「你們不用看，我知道你們什麼意思，由我打頭陣就是了。」四人都嘿嘿地笑了。

田尋一伸手：「給我把槍，不然我可不敢過去。」

東子馬上反對：「你腿帶上有軍用匕首，要槍幹什麼？」

程哥卻說：「老李，把你的槍給他。」禿頭連忙將手槍交給田尋，田尋一手持槍、一手舉著強光手電筒，慢慢向墓穴靠近。由於剛才的十字架形石臺碎裂成了數十塊，弄得石室裡滿地都是大大小小的碎石，田尋小心翼翼地選擇沒有石塊的地方落腳，生怕被絆倒。來到墓穴旁一看，就看見裡面果然躺著一具屍體，只是已經爛得就剩了一把枯骨，屍體沒有頭，身上穿著入殮時的衣服和靴子，衣服是大紅色的，上面繡了一條深紅色的盤龍，腳上也是同樣紅色的靴子，殮服穿在乾癟的屍骨身上，隔著衣服清晰可見一根根的肋骨，全身上下就只有手腕和手掌骨露在衣袖之外。墓穴挺深，大概有近一米左右。

更奇怪的是，這具屍骨並沒有腦袋，卻在腦袋的位置端端正正放了一只乳白色的半透明瓷瓶，瓶子上下窄中間鼓肚，兩端各用金邊箍著，其中一頭還有個鑲金邊的瓶蓋，不知道裡面裝的什麼東西。田尋一看墓穴裡並沒有什麼可疑之物，就想回頭招呼他們三個過來，忽然見那乳白色瓷瓶裡有個黑影動了一下，似乎瓶裡裝著一個小生命。田尋好奇心起，想伸手把小瓶拿起來仔細看看，可又有點懼怕這具屍骨。

田尋雖然愛好古玩，對中國古代文化有很大的興趣，但也都是從書籍和各種媒體中瞭解，並沒有親眼見過真正的古墓和屍骨，不免心裡有點害怕，正在拿不定主意時，忽然那只乳白色瓶子稍微一動，鑲金瓶蓋居然自己打開了，從裡面慢慢爬出來一個只有巴掌大的嬰兒。

這嬰兒長得肥肥白白，全身光溜溜的十分可愛，田尋看呆了，這世上還有如此微小的嬰兒？正常的嬰兒就算是早產，剛出娘胎時也得有一尺來長吧？而且看這小傢伙的毛髮長度，應該有好幾個月大了，怎麼還這麼小？倒有點像是《愛麗絲漫遊

第十九章　石棺

仙境》裡喝了藥水變小的矮人一樣。正看著，那嬰兒撅著小屁股，仰起頭來向田尋伸出一隻小肥手，張著小嘴，圓圓的大眼睛裡滿含期待神色，顯然是想讓他抱抱。田尋心頭一熱，生怕這小寶寶凍壞了，連忙將手槍插在皮帶裡，想都沒想就彎下腰去接那嬰兒的小手。

旁邊程哥他們四個看得真切，胖子急了，心想田尋這傢伙膽子也太大了，他肯定是看到有珍寶在墓穴裡，也不打個招呼就自己動手拿了？真他媽的不仗義！於是他大叫道：「喂，你幹什麼呢？想被窩放屁獨吞哪？」

這一嗓子喊得田尋一怔，他扭頭瞅了瞅胖子，再回過頭來看那嬰兒時，卻嚇了一大跳。墓穴裡哪有什麼嬰兒？從那乳白色瓶子裡爬出來的分明是一塊黏糊糊、白花花的爛肉似的東西，也沒個具體的形狀，在地上左鼓一塊、右突一塊地不斷變形。

田尋嚇得連忙縮手後退，正在這時，那穿大紅殮服的無頭屍骨忽然無聲無息地舉起雙手，兩隻乾枯手掌猛地卡住了田尋的脖子，田尋大驚失色，他大叫一聲，連忙用手去掰那屍骨的手掌，那屍骨的兩隻乾巴手掌抓得十分牢固，田尋根本就掰不開，那屍骨雙臂內彎，使勁朝墓穴裡一拉，田尋下意識地往回縮脖子，可那雙手的力氣實在太大，如果強行和它對抗，恐怕這個腦袋就得被它拽掉，於是身體不由自主地跟著那屍骨栽進墓穴裡。

第二十章　織網怪物

這一掉進去，田尋的身體就整個貼在了那屍骨身上，他被屍骨有力的雙手捏得喉骨格格直響，似乎隨時都會被捏碎，同時喉管也吸不進空氣，一陣窒息感覺襲來，田尋雙手緊緊抓住屍骨雙臂，死命地往兩邊拉，可說什麼也拉不動分毫，這屍骨臂力驚人，簡直比史瓦辛格還有勁，田尋拉不開它的雙臂，大腦中一陣眩暈，忽然眼角一瞥，發現這十字形墓穴的底下有一圈縫隙，一些黑色的甲蟲正從縫隙裡出來，並爬到了屍骨身上。

田尋大腦中的意識開始間歇性喪失，他再不猶豫，鬆開左手從腰間拔出手槍，對著身子底下的屍骨肚子就是兩槍。砰！砰！槍口噴出的強烈氣浪和火苗震得石室裡嗡嗡直響，那屍骨身上穿的大紅殮服也被打開了兩個破洞。說來也怪，這屍骨身子一晃，原本抓得牢牢的雙臂竟然鬆開了，田尋連忙把脖子一歪，掙脫了它的枯骨手掌。

這一過程，旁邊的程哥他們四個看得不太真切，大夥只見墓穴裡有兩隻手將他拽了進去，然後又是兩聲槍響，再就是見他從墓穴裡奮力想要爬出來。胖子說：

第二十章　織網怪物

「程哥，好像有麻煩！」

程哥握緊手槍說：「過去看看！」三人正要衝過去，就聽墓穴裡傳來「轟」的一聲響，好像什麼東西塌陷了似的。

墓穴裡田尋掙脫了屍骨的雙臂，手扒著墓穴邊緣剛要往上爬，忽然腳下一沉，那具屍骨連同墓穴的底板竟然都掉了下去，墓穴頓時變成了無底洞，田尋一心只顧著往外爬呢，哪裡防備還有這手？他「哎呀」一聲還沒叫出口，整個人也跟著掉了下去。

嘩啦啦一陣響，田尋落在了一個軟軟的、好似安全網一樣的東西上面，不但觸手輕軟，而且還有彈性，田尋落上之後，這網就一上一下地忽悠個不停，那具穿著大紅殮服的無頭屍骨也落在田尋身邊，同時一陣沙沙的聲音響過，漸漸消失。

田尋一陣後怕，他本以為墓穴下面是尖刺坑、翻板之類的要命東西，沒想到居然有張巨大的網在底下接著，他心想：這古人的機關是怎麼安排的呢？既然墓穴底會塌掉，卻又在下面放了張巨網，難道是陵墓修建者故意給盜墓之人留生路不成？

正在田尋胡思亂想之時，程哥四人也已來到墓穴旁，胖子用手電筒照著下面，衝底下大叫：「喂，老田，你怎麼樣？」

田尋想翻個身坐起來，沒想到一翻之下居然動彈不得，原來後面的背包居然黏

在了這張網上，田尋雙手抓住大網，用力將後背抬起，可這網也不知道是用什麼做的，上面佈滿了黏液，背包被黏得牢牢的，根本脫離不開，他想用左手拉斷後背處的網繩，卻發現左手連同手槍一齊被黏在了網上，用力一扯，黏液拉得老長，卻又有力地被拽了回去，真比牛筋還有彈性十倍。他腦門冒汗，連忙向上面大叫：「我被網黏住了，動彈不了了！」

程哥和胖子對視一眼，禿頭說：「怎麼辦？下去救他嗎？」

程哥說：「這石室裡沒有別的通道，墓穴下面是唯一出路，咱們必須下去！」

東子說：「怎麼下去？這底下好像是一張大網，而且還塗了強力的黏液，總不能就這麼跳下去吧？」

程哥想了想，向下面大聲說：「田尋，你的背包還在吧？你試試用多用途刀能割斷網繩嗎？」

田尋焦急地說：「我的雙手都被網黏住了，拿什麼割啊？」

胖子說：「這可怎麼辦？」

程哥剛要說話，忽聽石室裡軋軋一陣悶響，腳下的地面開始傾斜，四人回頭用手電筒一照地面，發現地面從正中間裂開了一道縫，兩邊的地面正在往下沉，整個石室的地板變成了一扇對開的門，但這扇門是向下開的。

第二十章　織網怪物

胖子心一沉說：「完了程哥，這回又著了道，想不下去也不行了！」轉眼間地面已經完全裂開，四個人像下餃子似的先後掉在大網上面，隨後機關又合攏。好在他們掉在網上的時候都是四肢先著網，同時從石室裡掉下來的還有十字架石臺破裂後的碎石塊跟石屑，紛紛揚揚地落在網上，這些四處飛散的石屑起了對黏液的遮罩作用，所以四人掉在網上並有被黏住。

程哥支撐著想站起來，可在這又軟又晃的細網上談何容易，他左支右絀，就跟雜技演員走鋼絲似的，極力想掌握平衡。這時禿頭已經從背包裡掏出多用途刀開始割身下的網繩，這種多用途刀專供特工人員使用，刀刃採用特殊不銹鋼製成，其鋒利程度絲毫不亞於大名鼎鼎的瑞士維氏軍官刀。

禿頭用刀奮力地割著網繩，可這網繩也不知道是用什麼材質做的，鋒利的刀刃劃過網繩就像割滾刀肉似的，怎麼也割不動，禿頭忙活得頭上見汗，邊割邊說：「老胖，這網繩也太結實了，割不動啊！」

那邊程哥和東子也都在用力割網，東子大罵：「這破網太邪乎了，怎麼割不斷呢？」

胖子也有點慌了，他說：「也許這網繩是用天然特殊材料製成的，否則不可能割不動，可這到底是什麼材料？」

禿頭割得累了，跪在網上直喘氣，他拿起黏在網上的強光手電筒，四下一照，原來這是一個寬大的石殿，四周牆壁上鑲著兩排銅製的燈檯，但都沒有燈光。再往下照，石殿的地面全用整片的漢白玉浮雕拼成，雖然光線不足看不出雕的是什麼，但一眼望去只見圖案緊湊、繁瑣複雜，想來也是由能工巧匠精心雕琢而成。胖子費勁地在巨網上爬行，來到石殿牆邊的一個燈檯旁，用手電筒一看，燈檯裡盛滿了燈油，還浸著一根擰著麻花勁的粗大燈芯，只是不知道多久沒有點燃了，燈油上蓋了厚厚一層的灰。

他掏出打火機去點那燈芯，本以為年頭太久不好點燃，卻不想「騰」的一聲，燈芯瞬間就點著了，一團火光幾乎照亮了小半個石殿。人和動物一樣，天性也懼怕黑暗，禿頭一看殿裡有了光亮，心裡寬鬆了不少，也爬到巨網的另一端又點燃了一個燈檯。

這下石殿裡亮多了，很多東西也變得清晰起來。這石殿約有十幾米高，一張巨網橫在大約七、八米的高度上，這網是六角形的，由六根粗大的主絲分別黏在石殿牆上的六個角，大網晶瑩白亮，要不是網繩比手指還粗，倒令人懷疑是蜘蛛吐出來的絲。

這巨網有一半黏上了石屑，所以不是很黏，人可以在上面勉強行走，但另一半

第二十章　織網怪物

還是奇黏無比，田尋就被黏在這一邊，他費了很大的勁，還是沒有從網上解脫，急得大叫：「程哥，快來幫幫我啊！」但程哥也怕走過去就被黏牢，一時不敢過去。

這時，東子忽然說：「我說幾位，這網用刀割不壞，那咱們為啥不用火燒一下試試？」

一語提醒夢中人，胖子連忙說：「對啊，用火燒試試！」蹲下就用打火機去燎網繩。說來也怪，這網繩刀槍不入，卻在火燒之下立刻斷裂，變成了焦黑色，同時還散發出一股類似燃燒動物毛髮的焦味，看來真是鹵水點豆腐，一物降一物。

程哥鼻子一聞到這種味，再用手一撚燒黑的部分，手指一搓之下立刻變成了細細的黑灰，他說：「從這味道上猜測，這網不像是人工材料製成的，人工材料燃燒後會發出略帶酸味的焦臭，而這種味道應該是用天然的東西，比如動物的分泌物之類。」

禿頭也說：「我也這麼看，這股味和飯店生燒豬蹄一個味兒，糊了巴嘰的，可這到底是什麼東西做的呢？」

胖子說：「現在咱別研究豬蹄、羊蹄的，先把它燒開一個裂口，咱們好下去呀！」

程哥說：「別急，有辦法就好說了，我們在這巨網上打開個『一』字形缺口，

把這張網變成兩半，這兩半就會分別下垂，我們抓著缺口的邊緣就能安全下到地面了。」

正在幾人研究的時候，胖子忽然一摸後脖梗，回頭瞪了禿頭一眼。禿頭不知道胖子為什麼瞪他，說：「我這兒也有個防水打火機，咱倆分別從巨網的兩邊往中間燒，到中央會師就好了。」

胖子點了點頭，又一摸後脖子，不高興地對禿頭說：「大老李，你別跟我玩了行不？都這什麼時候了，你還有閒心扯這個？」

禿頭不樂意地回答：「你說什麼呢，我跟你扯什麼了？」

胖子說：「你都這麼大人了，怎麼還和小孩似的？你總用你那冰涼的臭手摸我後脖梗子幹什麼，有病是怎的？」

禿頭奇怪地來到胖子前面說：「我什麼時候用手摸你後脖梗子了，你夢遊吧！」

胖子有些生氣了：「你怎麼還嘴硬？剛才你還……」話還沒說完，胖子就又感到脖子後頭涼涼的，可禿頭現在就在他面前，不可能是他摸自己，回頭一看，田尋還在身後被巨網黏得牢牢的，正在一邊扯網，一邊不住地咒罵，顯然也不能是他，而程哥和東子離自己更遠，再說程哥四十幾歲的人，也不可能在這種情況下還開玩笑。胖子心裡有點發毛，抬頭用手電筒照向石殿的頂棚，漆黑一片什麼也沒有。

東子疑惑地問：「我說胖子你到底怎麼了？」

胖子緊張地說：「怪了，剛才好像有什麼東西在我脖子上掃了兩下，冰涼冰涼的……」語音未落，東子急抬手電筒照向胖子腦後，大聲說：「什麼人？」

胖子忙回頭看，卻什麼都沒有，他緊張地說：「怎……怎麼了？」

東子說：「好像有一個黑影在你頭頂上晃了一下！」

胖子膽小，被嚇得連忙蹲在網上，用手電筒在頭頂上來回掃射，忽然手電筒光柱裡似乎有個影子急速地一掠而過，順方向照去卻又什麼都沒有，胖子聲音顫抖地說：「程哥，上頭有東西！」

程哥一聽也緊張起來，四個人都用強光手電筒一塊朝頂棚齊射，屋頂雖然很暗，但在兩個巨大燈檯的光亮下，還是能看出廳頂鋪著的巨大石板，四支手電筒晃來照去，也沒有發現什麼東西。東子一眼看見田尋身邊的那個穿紅衣服的無頭屍骨，說：「程哥，會不會是那個『死倒』搞的鬼？」

程哥不禁看了看那屍骨，說：「不好說，不過那只不過是具百年古屍，我不信它能鬧出什麼妖娥子來。」嘴上雖然這麼說，可他心裡也沒有十分的把握。

胖子說：「乾脆用打火機將那把老骨頭也給燒了得了！」

東子說：「對！管它鬧不鬧妖，先給它火化了再說！」說完從背包裡掏出一個微型燃燒彈，用打火機點著引信後拋向屍骨，燃燒彈正好落在屍骨身上。

程哥衝田尋喊了句：「躲開點，小心著火！」剛說完那燃燒彈就「轟」的一聲燒起來了，屍骨身上的大紅殮服頓時著了火。這時的田尋剛好用力扯脫了一隻腳，他見屍骨離自己很近，怕再把自己也給燒了，朝那屍骨狠踹了一腳，將其遠遠踢到一邊。

屍骨身上的衣服越燒越旺，轉眼間就燒融了身下的絲網，屍骨裹著一團紅光掉了下去，「蓬」的一聲落在地面的漢白玉浮雕板上。五個人在絲網上看著屍骨慢慢燃燒，發出劈里啪啦的響聲。紅色的殮服逐漸燒光，露出了裡面焦黑如炭的屍骨。

忽然耳邊聽得「忽」的一聲，一團乳白色的黏液不知從什麼地方斜飛過來，啪地打在那屍骨之上，火苗頓時被淹滅了，石殿裡又暗了下來。

禿頭一驚：「怎麼滅了？誰給弄滅的？」

胖子也說：「是啊！這黏液是什麼東西？看上去挺噁心的。」

剛說完，就聽田尋大叫道：「上面有蛇，大家小心！」

四個人嚇了一大跳，禿頭最怕蛇、蠍這類東西，一聽田尋說「有蛇」，嚇得登時腿肚子轉筋，程哥連忙操槍在手，緊張地問：「蛇在哪兒，在哪兒呢？」

田尋顫聲說道：「剛從我頭頂爬過去！」

東子警覺地靠在牆角，左手將手電筒貼在持槍的右手上，充當起簡易的槍用戰術射燈，他說：「你沒看錯吧？」

田尋說：「我看得清清楚楚，一條黑色的大蛇，粗得像水桶，爬得飛快！」剛說完，東子只覺得眼前一花，還沒等他作出反應，右手忽然一輕，再定睛一看，手裡的槍和手電筒居然都沒了！

東子頭些年在防暴特警隊裡做過五年特警，嚴格的訓練使得他無論是力量、技巧，還是反應能力方面，都要比普通人強出數倍，可剛才一轉眼的工夫手槍就不見了，居然還不知道是怎麼丟的，他不免心生一股寒意。他畢竟受過專業訓練，知道遇上了極厲害的對手，連忙一矮身迅速躲到陰暗之處，同時從大腿外側的皮套中抽出一柄寒光閃閃的軍用匕首，警覺地注意著四周的動靜。

那邊禿頭和胖子還左顧右盼地找那大蛇呢！忽然覺得有什麼東西從側面飛過來，兩人連忙閃身，側頭一看，兩樣東西從絲網的破口處掉落，摔在地面的漢白玉浮雕上發出很大響聲，二人仔細一瞧，卻是一把手槍和一支強光手電筒，正是東子手裡的東西。

程哥說：「東子，你怎麼把槍扔了？」

東子沒回答，他生怕被躲在暗處的東西再度偷襲，所以沒敢出聲。

這面田尋終於從網上掙脫了雙手雙腳，他撿起掉在絲網上的手槍，蹣跚腳步向程哥他們走來，禿頭看到他能動彈了，便說道：「老田，你可算自由了，你說的那大黑蛇在哪兒呢？會不會是看花眼了？」

田尋說：「看花眼是肯定不會，但是不是蛇就不肯定了。」剛說完，就聽見一聲長長的嘆息，這聲音很大，五個人都聽得清清楚楚，可大家心裡清楚，這節骨眼上誰也沒有嘆氣的心情，頓時都緊張起來。

程哥低聲說：「大家都別亂動，小心中埋伏。」

等了半天，不見任何動靜，禿頭有些沉不住氣了，他大喊一聲：「是誰躲在暗處？給老子滾出來！」話音剛落，「嗖」的一聲，一樣東西向禿頭飛來，禿頭剛聽到聲還沒等做出反應，頭上啪地黏了一大堆黏糊糊的東西，他整個禿腦袋連同眼睛、鼻子，登時都包在這黏液裡面，禿頭變成了「窩頭」。

禿頭頓時感到一陣氣窒，連忙用手去劃拉臉上的東西，不想這東西非常黏手，比牛皮糖還黏十倍，他抓起這邊顧不上那邊，搞了半天也沒扯下半分，胸口倒是越來越憋悶。

他身邊的胖子一見此狀，也跟著上手去扯那黏液，兩人合力先把禿頭鼻子上的黏液扯掉，以免他被憋死，然後再用力撕扯，總算將大部分黏液從禿頭的腦袋上弄了下來。幸好他沒多少頭髮，否則這些頭髮肯定要被生生扯掉了，不禿也得成禿子。

第二十一章　嘆息蛇

田尋見此情景，對程哥說：「有人躲在暗處，我們要千萬小心！」這時又是一聲長長的嘆息傳來，田尋二話沒說，朝著嘆息的方向抬手就是兩槍。借著槍口噴出火焰的瞬間，大家清楚看到一條巨大的黑色蛇狀生物盤旋在屋頂，驚嘆之時，東子手急眼也快，他手腕一抖，軍用匕首劃著一道精光飛向黑蛇，迅速無比，東子滿以為這一下能扎到那黑蛇身上，就算扎不死牠，也得讓牠知道知道什麼叫疼，可只聽「呼」的一聲，一件東西從絲網的破洞中穿越而過，掉在地上，竟是那把匕首。

這下五個人都傻眼了，敢情這東西是刀槍不入，來者不拒！還是程哥沉穩，他見勢不妙，連忙下令道：「先別管牠，胖子、大老李，你們倆繼續用打火機燒絲網，我和東子、田尋掩護你們，我們下到地面就好了，動作要快！」命令一下，幾人立即分頭行動，東子手裡槍和刀都沒了，禿頭的槍又給了田尋，胖子只得將佩槍交給東子，他和禿頭開始同時燒那絲網。

那黑色蛇狀生物似乎對這張網很是愛惜，看到有人在燒它，頓時有點掛不住面子了，也不再躲在暗處裝神弄鬼，一聲嘆息傳來，夾著一股腥風直撲胖子身後。東

第二十一章　嘆息蛇

子和田尋看得真切，兩人幾乎同時舉槍向眼前的黑影射擊，噗噗幾聲響過，那黑影似乎終於中了招，連連嘆息幾聲，盤旋著回轉身體，又向東子發動攻擊。

東子大罵一聲：「你他媽的倒能裝酷，老嘆什麼氣？」說罷提氣向左一縱身，可他忘了腳下不是平地，而是這無根的絲網，這一用力身體反倒失去了平衡，倒在絲網上。這黑蛇見來了機會，猛地躥到東子身前，張嘴就咬。東子摔倒的地方在牆角，正處在一隻燈檯附近，這下看清了這東西的廬山真面目。

這是一隻粗壯的大蛇，腰身足有成人的腰粗細不說，一個大腦袋比身子還粗還大，就跟個八仙桌似的，普通的蛇頭都是和蛇身差不多粗，而這條蛇卻不然，腦袋大得根本不成比例，就像被人用管子硬給吹脹了似的，又像在牆上活活撞腫了，腦袋上兩隻紅色的小圓眼睛，閃著兇惡的精光，身上長滿了密密的黑毛，有點類似豬脖子上的豬鬃，活像個大號的毛毛蟲，一眼看去就叫人渾身不舒服。東子忙抬右手想開槍打那黑蛇的頭，可這大黑蛇十分機警，牠大腦袋一歪「啪」地將他手裡的槍擊掉，而後大嘴一張，蛇嘴裡內彎的尖牙露出，這麼長的蛇牙要是咬在人身上，肯定穿透。東子身在網上躲避不便，眼看著就要吃大虧。

田尋雖然很討厭東子這個人，但看見他身處危險，卻又下意識地出手幫忙，抬手「砰砰」就連開三槍，說來也巧，田尋這輩子總共沒開過幾槍，卻有一槍正好擊

中了黑蛇的一顆蛇牙，登時把蛇牙打斷，黑蛇吃痛不過，又是幾聲嘆息，巨大的蛇身迅速扭轉，擰著麻花勁向上升去。

東子撿了一條命，連忙翻身站起，向田尋豎了個大拇指表示感謝，隨即又從背包裡掏出一把多用途刀，打開主刀橫在胸前用來防身。此次來湖州尋寶，大家都帶了很多防身工具，除手槍外（當然田尋沒有），每人還佩有一把多用途刀和一隻軍用匕首，現在東子的手槍和軍匕都被那黑蛇給繳了，能當武器使的就只有這把多用途刀，其實這種多用途刀和瑞士軍刀的功用差不多，主要是當工具用而不是作為武器，可現下東子手無寸鐵，多少有點心裡沒底，有把刀總比沒有強。

那黑蛇皮糙肉厚，在屋頂轉了幾轉喘了口氣，又開始伺機進攻。這黑蛇運動的方式很是奇特，牠先吐出一股晶亮的白絲黏在牆上，然後甩蛇頭把絲的另一頭黏在另一面牆，再運動身體從絲上橫著通過，爾後再吐絲……如此反復。這黑蛇的大腦袋裡也不知道裝了多少絲，總之是吐也吐不盡，而且牠吐絲的動作非常之快，巨大的軀體在橫七豎八的亮絲上穿行居然毫無停滯，看來這條黑蛇已經習慣了用這種方式運動，而且絕對是自己摸索出來的，典型的熟練工種。

程哥見黑蛇的長牙被田尋用槍打掉，心裡又喜又怕，怕的是惹惱了這蛇，會令牠更加兇猛。果然這黑蛇張大了嘴，從斷牙裡滴滴答答掉出許多黑色液體，這些液體一接觸到絲網，馬上升起哧哧的煙霧，將絲網迅速融化，看來自然界的東西真是相生相剋，蛇體內的體液竟然可以融化牠自己吐出來的絲。東子快走幾步，撿起被蛇頭撞掉的手槍，衝禿頭和胖子大聲喊：「你們倆動作快點，這哥們可能要發飆了！」

還真讓他猜中了，黑蛇長嘆一聲，嘴裡不斷吞吐火紅的舌頭，這蛇不光腦袋大，信子也長，足有兩尺多長，前端分成兩叉，只見牠蛇頭一擺，身體向下飛出，奔東子急衝過去。東子早有警覺，他抬手瞄準蛇頭剛要開槍，卻見黑蛇半路忽然一個轉彎，又朝田尋猛撲過去，原來是聲東擊西之技。田尋沒想到這黑蛇還會兵法，見碩大的蛇頭閃著紅眼向自己面門而來，緊張得有點兒蒙門，下意識一舉手就要開槍。

黑蛇張大嘴吐出一根晶亮的白絲，準確地擊打在田尋的左手上，連手腕帶槍都被包在那黏黏的白絲中，田尋情急之下扣動扳機，尋思這子彈的速度是驚人的，怎麼也能穿透黏液而出，可食指一動才發現，根本沒法往下勾扳機，這白絲的瞬間韌性簡直驚人，遇到空氣就馬上固化並擁有強大的彈性，立刻就黏住了手指頭。

田尋有點手足無措，用力連勾食指，一邊的胖子見了連忙大叫道：「別開槍，小心炸膛！」

胖子的意思很明顯，他是怕這些黏液順著槍管鑽進槍膛，然後凝固了堵住槍膛，而田尋一旦開槍，子彈發射不出去，那麼火藥強大的推力就會把槍管連同套筒整個炸裂，田尋的左手也就報廢了。

這黑蛇見一招得手，那跟八仙桌差不多大的腦袋一揚，居然把田尋凌空拎了起來，田尋雙腳離地身在空中，不由自主地劃起了圈，活像雜技團裡的空中飛人。

程哥對東子大叫：「開槍打他的頭！」

東子豈能不知道打蛇打七寸的道理？連忙瞄準蛇頭和脖子部位開槍，可這黑蛇動作十分敏捷，又不停地在上面來回翻滾，目標不固定，東子和程哥連開數槍也只打到了牠的軀體。

黑蛇似乎憤怒了，用力一甩腦袋，田尋「砰」地撞在牆壁一座銅燈檯上，把那燈臺撞得七零八落，裡面的燈油傾瀉出來灑了一地，田尋更是被撞得五臟六腑都顛倒了，胸口一陣煩噁，差點吐血。黑蛇見把田尋耍得夠慘了，這才把頭一擺，那根白絲也不知用什麼方法給弄斷了，田尋猶如斷線的風箏嗖地飛向牆角。這廳裡的大網畢竟有覆蓋不到的地方，田尋撞到牆角後又彈起，最後又重重摔在漢白玉地面上，登時昏厥過去，不過這倒成了第一個落地的人。

在絲網上的四位也沒閒著，胖子和禿頭賣力氣地用打火機燒著腳下的大網，已經有三分之二的網被割開了大口子，眼看著兩人就要碰頭了，那黑蛇忽然分別吐出兩股白絲，分別打在胖子和禿頭的後背，隨即又奮力一揚蛇頭，兩人強壯的身體就被吊了起來。

這黑蛇力氣相當大，胖子和禿頭的體重加一塊，少說也得有個三百七、八十斤，可被那黑蛇甩得就像兩個陀螺似的，程哥一看不妙，趕忙開槍射擊，黑蛇渾然不顧子彈打在身上，把胖子和禿頭在牆上砸來撞去，不一會兒就撞翻了好幾個銅燈檯，黑色的燈油灑在潔白的漢白玉浮雕石上。

程哥看到這些順著浮雕圖案到處流淌的黑糊糊的燈油，心中一動，登時有了主意。

他跑到牆邊一個銅燈檯旁，見這種燈檯是用一根銅製圓杆插進牆壁裡固定的，這銅杆不過手腕粗細，看上去並不十分堅固。程哥指著面前十來米處的銅燈檯，對東子大叫道：「東子，你快到這個燈檯下面來，快！」

東子不知道他葫蘆裡賣的什麼藥，但也沒工夫問他，依言跑到程哥所指的銅燈檯之下，說：「現在怎麼辦？」

程哥大聲說：「你想辦法引得那黑蛇向你攻擊，我開槍打翻燈檯，讓燈油灑在牠頭上，你看準了跑開，別灑你身上！」

東子這下明白了，程哥是想用火攻，這倒是個好法子。這時又聽砰砰兩聲，見黑蛇將胖子和禿頭二人分別摔下，轉頭看著剩下的最後兩人，似乎正在考慮向誰攻擊。

東子眼珠一轉，衝程哥大聲說：「程哥，你來引牠，我負責打燈檯，我槍法好，你又離牠近！」

程哥並未多想，立即向蛇頭連開兩槍，黑蛇嘆息一聲，果然轉頭向程哥撲來，東子雙手持槍，穩穩地瞄準了那盞銅燈檯的燈杆。

正當黑蛇那大張的蛇嘴快要舔到程哥臉上的時候，程哥往下一蹲身體，蛇頭收不住勢，咣地撞在牆上，黑蛇本來就斷了一顆牙，這再撞了一下腦袋，頓時多少有點發暈。

這時，東子槍響了，四、五槍幾乎打在銅燈杆的同一個位置，燈檯翻滾而落，黑糊糊的燈油傾瀉而下，全澆在黑蛇的頭上，兩隻紅眼睛也蒙上了。程哥在槍響的同時縱身躲開，但在絲網上畢竟不比平地，還是慢了半拍，有不少燈油也灑在他後背上，程哥不顧這些，又連跑幾步離開黑蛇。這黑蛇腦袋上澆了不少燈油，以為受了極厲害的攻擊，連忙縮回頭去，蛇的眼睛視力很差，基本等同於聾子的耳朵——擺設，所以兩隻蛇眼被燈油沾上，卻也沒什麼大礙。

第二十一章　嘆息蛇

程哥和東子見計謀得手，再也不想和牠周旋了，連忙往絲網的裂口處跑，想直接跳下去。這黑蛇豈能輕易放過他們？一聲嘆息又衝了上來，東子大叫道：「這家夥真是他媽的陰魂不散哪！」

程哥說：「快跳下去！」

東子衝到裂口處看準落點向下一跳，這絲網距地面的垂直高度大概有七、八米，東子有格鬥功底，知道從高處躍下時，雙腳應該略微平伸，腳跟上抬腳尖朝下，先讓腳趾部分接觸地面，來減少震動對腳跟神經的影響，落地之後又順勢向前一滾，徹底緩衝了反彈力量。

程哥可沒東子的身手，他右手抓著絲網身體懸在半空，這樣就等於和地面的距離又接近了兩米，正當他鬆手想跳下時，黑蛇張嘴一股白絲飛出，不偏不倚正好擊中程哥抓著絲網的右手，他暗叫一聲「不好！」這下等於把他固定在絲網上吊著，既不能上也沒法下。

東子站穩後來到胖子他們身邊，兩人也摔得不輕，但都還有意識，正蹲在地上搶救田尋。

東子說：「這廳裡有出口沒有？」

胖子說：「還沒來得及找呢，先把田尋弄醒了再說！」

東子罵道：「這時候了還管他幹什麼？咱哥幾個快想辦法找出口逃命啊！」

這時田尋悠悠醒轉，他痛苦地捂著胸口，幾次都有要吐血的感覺。

那邊程哥不上不下的正在焦急時，黑蛇慢悠悠地過來了，程哥連忙舉槍射擊，可剛開了一槍就啞火了，原來是沒子彈了，程哥冷汗刷地就下來了，再看那黑蛇，牠似乎也知道程哥逃脫不掉，一顆碩大的蛇頭從絲網的破口處探下，慢慢來到程哥面前。

程哥難得以這麼近的距離和黑蛇照面，只見這蛇頭比磨盤還大，上面疙疙瘩瘩長滿鱗片，在忽明忽暗的燈光映照下，反射出鋥亮的光，就像剛擦過的皮鞋一般。

黑蛇逼近，一股腥臭的氣味透肺而入，幾欲令人昏厥，從蛇頭上還不停地往下滴著燈油，嘴裡一吞一吐地不停伸縮著火紅的信子，這信子刷刷地在程哥臉上掃過，蛇是冷血動物，信子也是冰涼冰涼的，程哥不但臉上感覺涼，連整個身子也都涼透了。

黑蛇在程哥面前緩緩張開大嘴，嘴裡三顆（本來應該是四顆，被田尋打斷了一顆）超長的尖牙滴著黏液，蛇類的顎部都生得很寬，能裂到脖子處，嘴盡力張開後幾乎可以把腦袋分成兩片，這是為了有利於牠們吞下比自己腦袋還大的生物，所以這黑蛇一張大嘴，這嘴就又擴大了好幾倍，別說是牛、馬、豬、羊，就是一頭大象

第二十一章　嘆息蛇

恐怕也咽進得去。

從蛇嘴裡吐出一股腥腐無比的氣味，程哥從沒聞過這麼難聞的味道，只覺胸口煩噁，差點嘔吐出來，從後背升起一股涼意，他渾身是汗，絕望地大叫：「東子！老李！胖子快來救我！」

四人回頭往上一看，頓時嚇得魂不附體，胖子一屁股坐在地上，喃喃地道：「完了，程哥完了！」

禿頭操起手槍就射，可也沒子彈了，正當他手忙腳亂地裝彈夾時，黑蛇終於展示完了自己的力量，準備一口吞下面前的這個不知深淺的傢伙。

程哥在這電光火石的時刻，忽然左手摸到左大腿側皮帶上還有一把軍用匕首，他一把抽出匕首，向面前的蛇頭揮舞過去。

本來他這一下也是毫無章法，純粹是下意識的垂死掙扎，因為在這巨大的黑蛇面前，一把匕首根本不能把牠怎麼樣，可無巧不成書，這黑蛇嘴裡那吞吐不停的信子正好伸出，鋒利的軍用匕首不偏不倚剛好經過，「嚓」的一聲輕響，火紅的蛇信被攔腰切斷。

蛇眼睛的視力極差，因為蛇習慣生活在十分陰暗的環境，用進廢退，在上百萬年的漫長進化過程中已經退化。蛇類的行動、捕食、探路和感知危險等重要活動完全靠嘴裡的蛇信，蛇信上有高靈敏度的熱能感應細胞，能感覺出幾公里外的熱量差別，然後再用嘴唇上部突起的蛇吻來接收資訊，絲毫不亞於地球上任何有眼睛的動物，可以毫不誇張地說，蛇信就是蛇的命根子。

現在蛇信被程哥用軍用匕首割斷，黑蛇頓時發起狂來，牠感覺不到周圍的任何東西，馬上變成了瞎子和聾子。

一聲聲的嘆息中，巨大的蛇頭在石殿裡來回亂撞，好像瘋了一般撞翻不少銅燈檯，黑糊糊的燈油灑得牠渾身都是。

程哥見自己從鬼門關逃了回來，大喜過望，他連忙叫道：「快給我打火機，快！」

胖子和禿頭一見這黑蛇發起了羊癲瘋，一時有點不知所措，見程哥叫著要用打火機，知道事情有了轉機，連忙跑過去拿出打火機向上拋，第一次沒接住，又拋了一次，這回程哥一把接在手裡，他立刻燒斷右手附近的絲網，身體落下來被二人穩穩接住。

第二十二章　水晶洞府

五個人可算都落在了地面上，程哥氣喘吁吁地說：「快，撕下衣服做幾個火把，扔到黑蛇身上把牠燒死！」

禿頭和胖子連忙撕下一截袖子，捲在兩隻伸縮尖錘上，石殿的地面上到處都是灑落的燈油，兩人在油裡蘸了幾下，再用打火機引燃，製成了兩個火把。再看那大蛇還在發狂般地左突右撞，胖子知道東子臂力好，眼神也佳，便將一隻火把遞給他。

東子持火把在手，待那黑蛇身子放低，靠近了些時，他一聲低吼，手中火把猛地扔出，劃出一道拋物線。

一小團火光遠遠飛去，「啪」的一聲，火把準確擊中了蛇身，燃燒的火把立刻引燃了蛇身上的燈油，黑蛇痛苦地連連嘆氣，身體捲來扭去，從網上掉落在地面直打滾，看來是想撲滅火焰。東子不給牠機會，從禿頭手裡搶過另一隻火把，照蛇頭扔過去，「咣」的一聲正砸在蛇頭上，黑蛇不由得一低頭，蛇頭的燈油最多，這一下可致命了，蛇頭忽地一下猛烈燃燒起來，蛇腦袋立時變成了一隻大燈籠。

黑蛇在地上翻來滾去，這樣使得牠身上的燈油燒得更旺，這燈油不比其他東西，一旦燒起來就很難撲滅，而且還將石殿地面上灑落的燈油也跟著燒起來，石殿中本來空氣就十分稀薄，這一燃燒，五人頓時覺得胸中窒息，頭腦發暈。

程哥說：「快找出口，不然我們就要憋死了，快！」正說間，忽然聽見殿裡響起一陣「沙沙」的聲音，似乎是什麼東西在地上爬動。

東子邊咳嗽邊說：「這是什麼聲音？」

胖子說：「不知道！快找出口，管那麼多幹嘛？」

五個人慌忙尋找出口，可找了一大圈居然沒發現任何可以逃脫的門或窗，只在牆角發現了很多茶碗大小的黑洞。這下可糟了，豈不是要跟這可惡的黑蛇一塊去見上帝了嗎？

那黑蛇漸漸力氣不支，動作也慢了下來，忽然，牠挺直身軀，長嘆一聲，直直地順著牆邊倒下，一連壓翻了好幾座銅燈檯，其中一座燈檯的銅燈杆向下滑動，「嘩」的一聲，牆上居然出現了一扇翻轉石門。

五人正被燈油嗆得涕淚直流，忽然出現了這麼一扇門，就跟沒奶的孩子見了娘似的，連忙一股腦兒鑽進去，再用力把門推上。田尋最後一個進門，他回頭關門的時候，清清楚楚地看到從牆角那些洞裡正往外爬出大量黑甲蟲。

關門之後，一股冷風襲面而來，五個人都靠在石門上，大口地呼吸著這雖涼卻無比新鮮的空氣。

東子說：「可真是餓肚子來了奶媽，想親人孩兒他舅舅到了！這門開得也太巧了吧？」

胖子氣喘吁吁地說：「這我們可得感謝那大黑蛇，要不是牠臨死前那麼一挺，這麼隱蔽的機關咱上哪兒找去？還不得活活嗆死啊！」

禿頭說：「感謝牠？那你回家後就買兩條蛇供上吧！」

程哥說：「我現在正在尋思，這大蛇在那石殿裡靠什麼食物存活呢？」

田尋說：「不知道，也許牠成精了，什麼都不吃也能活。」

胖子說：「有可能！要不這蛇會長這麼大？跟龍似的！」

田尋心裡很清楚，大黑蛇就是靠吃那些黑色甲蟲活著，先前田尋在魔鬼宮殿的斷橋上就見過這種甲蟲，爾後在楊秀清的十字墓穴裡也看到過，平時石殿裡有黑蛇存在，那些甲蟲才不敢爬出來活動，剛才火燒死了黑蛇，甲蟲嗅到了味道都奔湧而出，如果不是黑蛇誤打誤撞觸動機關，五個人就算不嗆死，也得被越湧越多的甲蟲吃掉，但這一節其他四人都不知情。

胖子說：「這蛇身上還長著很多短毛，看著就噁心！」

田尋咳嗽幾聲說：「這種黑蛇似乎在《山海經》裡有過記載，書裡說遠古有一種叫『肥遺』的大蛇，又名『風膡』，渾身長滿鬃毛，叫聲好像人的嘆氣，可能說的就是這傢伙。」禿頭說：「而且還會吐絲？」

田尋說：「書上可沒說會吐絲，聽說在希臘的海島有一種『蜘蛛蛇』，會結網專吃小昆蟲和小鳥，但也沒這麼大啊，好像吃了化肥似的。」

程哥心有餘悸地說：「剛才我差點被牠給生吞了！太可怕了，這大黑蛇難道也是洪秀全養的，用來看守他的陵墓？」

田尋喃喃地說：「那就不得而知了，但我知道這陵墓裡有太多可怕的東西了！食人魚、水怪、巨蛇，還有甲蟲……」

東子問：「甲蟲？什麼甲蟲？」

田尋忙說：「沒什麼，剛才在十字墓穴那不是有一些小甲蟲爬出來過嗎？」

禿頭說：「那些甲蟲倒沒什麼殺傷力，不足為慮。對了，這裡又是什麼地方，咱們是不是照一照？」

經禿頭一提醒，大家才安靜下來，耳邊聽得水聲滴答，又陰又冷，似乎身處在水洞之中，五個人都掏出強光手電筒，照了照這個地方。

一照之下才發現，這竟是一個幽暗深邃的山洞，地面起伏不平，四壁也是怪石

第二十二章　水晶洞府

嶙峋、參差突兀，附近的石壁上大小洞穴林立，好像是四通八達，又彷彿天然的迷宮。更奇的是手電筒往頭頂處一照，只見上面紫色晶光閃爍，如同夜空中繁星點點，又好像忽然身處茫茫的宇宙星空，令人心馳目眩。面前不遠處有一根立柱，兩旁還各有一個洞穴，不知通到哪裡。

五個人都被眼前的景象驚呆了，一時間說不出話來。還是田尋先回過神來：「這是到了什麼地方？怎麼覺著像回到遠古了似的？」

胖子也說：「是啊，我也想這麼說呢！一時沒組織好語言。」

禿頭立刻回譏說：「你可得了吧！不過這地方倒是挺冷的，我說咱們是不是走出墓，到了外面了？」

田尋搖搖頭說：「不太可能，你們忘了，我們從慈雲寺的後殿向下走了十多米，又從十八層地獄殿往下好幾米來到那個地下祭壇，又從五行石殿掉到蕭朝貴的水廳裡。這麼一通折騰，現在我們所處的位置應該至少在地面四十米以下，根本不可能走出墓了。」

胖子說：「程哥，你怎麼看？」

回頭一看，卻見程哥坐在地上，神情委頓，臉色極其難看。

禿頭走過去一拍程哥肩膀，問道：「老程，怎麼了？」

程哥擺擺手，從背包裡掏出風油精，手顫抖著在兩側太陽穴都抹了一點，虛弱地說：「我沒事，就是有點頭暈而已，沒事，一會兒就好。」

禿頭知道他剛才差點被黑蛇給活吞了，有點驚嚇過度，於是說：「老王，你們帶食物了嗎？」

胖子說：「有，我們都帶了點壓縮餅乾，還帶了軍用水壺。」

程哥吃了一塊壓縮餅乾，又喝了幾口水，心情平穩了許多。胖子又將水壺和餅乾遞給田尋，讓他也補充點體力。

禿頭說：「老程，要不你先坐這兒喘口氣，我們四個找找看這山洞裡有沒有出口？」

程哥一把抓住禿頭的手，說：「老李啊，你說咱們這趟湖州之行，是不是不應該來？我總感覺這洪秀全的陵墓裡有股邪惡的東西，不知為什麼，這心裡頭老是不對勁。」

胖子說：「程哥，你別顧慮太多了，我們既然進來了，又沒有回頭的路，而且還一路到了這裡，這就說明咱們有造化，我相信這次肯定不白來！」

程哥心情凝重地說：「這個山洞陰森詭異，很可能藏著更加兇險的東西，咱們五個一定要齊心合力，千萬不能互相猜疑，否則真會走不出去！」

見他說得鄭重，胖子連忙安慰他道：「放心吧老程，既然你是頭我們就聽你的，等找到寶物咱們就都發財了，哈哈哈！」

程哥偷眼看看田尋，見他正在旁邊喝水，程哥暗暗對胖子和禿頭使了個眼色，意思很明顯，是說田尋是外來人，你們暗中盯住他，提防他在關鍵時刻分心眼。兩人明白程哥的意思，都點點頭。

程哥說：「我們在地下四十多米處，環境肯定是非常寒冷，大家要格外小心，尤其注意這些洞穴，很可能有什麼埋伏。」四個人都將手槍換上彈夾。

這時，田尋走了過來，說：「程哥，你還記得那四句謎語嗎？第二句是『雨雷風雲電為王』，咱們已經過了這幾關，我忽然覺得這句話很有含義。」

胖子問：「有什麼含義？」

田尋說：「我原本猜測這『雨雷風雲電』僅僅是指太平天國五位王的稱號，可現在一看另有其意。咱們從雨師蕭朝貴的雕像那遇到了水牢，也就是『雨』；在魔鬼宮殿那遇到落雷石，可稱為『雷』；剛才在楊秀清十字墓穴那又碰上了蜘蛛蛇『風騰』，也就是『風』，這個順序不正是那句『雨雷風雲電為王』的前三個字嗎？」

大家一聽恍然大悟，都覺田尋的話非常有道理。程哥想了想，肯定地說：

「嗯，沒錯，剛才我們的一番經歷就印證了這句話，要是按五位王身份排位的話，應該是『風雨雲雷電』，楊秀清排在第一，石達開排在最末，可那句謎語裡卻是『雨雷風雲電』，完全打亂了順序，看來絕不是隨意排列的，應該是與這個陵墓的路線有直接關係！」

禿頭說：「那要是按這個順序來推斷，下一個關口就應該是『雲』了？」

田尋說：「對。只是還不知道這個『雲』是什麼古怪機關，我們雖然知道了謎語的意思，可對細節還是一無所知，等於是五個瞎子，只能摸著石頭過河，憑運氣闖關了。」

程哥說：「大家不要氣餒，我們既然能走到這裡也不容易，只要我們齊心合力找到寶藏，大家就都是富可敵國的富翁了，哈哈！」

大家鼓足了勁，田尋也掏出軍用匕首，五把強光手電筒分別照向前面五個方向，開始慢慢朝前走。

走了十多米的距離，大夥來到一根石立柱前，這根石柱全身黑漆漆的，上面好像還雕有圖案。

東子摸了摸柱子，說：「這柱子是用什麼石頭造的？比木炭還黑。」

程哥摸了摸說：「像石墨可又比石墨堅硬，傳說有一種具有邪惡力量的『黑曜石』，不知道是不是這個材質。」

田尋和胖子用手電筒仔細照了照柱上的圖案，見刻著一條似龍非龍、似蛇又非蛇的動物，很是奇特。

胖子說：「這又出來一個四不像，老田，你看這是龍，還是蛇？」

田尋仔細辨認後說：「這是蛟，屬於龍的分支，在中國古代神話的說法裡，蛟就是還沒有完全脫變成龍的蛇，但也具有龍的一些神性，所以很多人將蛟和龍一同稱呼，蛟龍就是這麼來的。」

禿頭說：「那就不明白了，一般皇上都自比作龍，這洪秀全的陵墓裡為什麼不刻龍，卻刻蛟？」

田尋撓撓腦袋，也猜不透。

東子不耐煩地說：「別瞎費工夫猜這個了，你們看這兩邊有兩個洞口，咱們是分頭探路，還是一塊進去？」

程哥說：「不要分開走！這樣太危險，我們還是一個一個地進。」五人研究決定先從左首的洞口探起。

進洞口後，走了十多米處，大夥又發現有一根黑石柱，這回上面雕刻的是正宗的中國龍圖案，柱子兩邊還有兩個洞口。

大家商量了一下，還是選擇左面的洞進去，又走了十來米的光景，又出現一根刻有像黃鼠狼似動物的黑柱子。

胖子說：「這又是什麼動物，黃鼠狼？他媽的真邪門了，洪秀全還崇拜黃皮子呢？沒看出來啊。」

程哥說：「這哪是黃鼠狼，是貉，有句成語叫『一丘之貉』，說的就是這種動物，牠長得很像黃鼠狼，但並不是同類。」

東子搶著說：「對對，這成語我也聽過，比如說胖子和你禿頭關係好，那你們倆就可以叫『一丘之貉』，對吧，程哥？」

程哥和田尋都哈哈大笑，胖子氣得大罵：「你和黃鼠狼才是一丘之貉呢，小學都沒畢業就在社會上混，我看你最應該去小學先回回爐再說！」

禿頭勸他道：「算了算了，別鬥嘴了，我說這又出來兩個洞口，咱們還是先進左邊的？」

望著這兩個黑黝黝的洞口，程哥也有點猶豫不決。

東子說：「我看咱們還是分頭走吧！」

程哥堅決地說：「不行，絕對不能分開走，這樣太危險！」

東子撇撇了嘴，哼了一聲不說話。田尋習慣地一抬手，看了看腕上的手錶。這塊錶是野外運動手錶，上面有氣溫指示器和指南針，他想看看現在的氣溫是多少度。一看之下卻愣了，手錶上的液晶數位全都是零，更奇怪的是時間指標居然在倒退著行走。

田尋拍拍手錶道：「真怪了，這錶怎麼還不好使了呢？」

胖子笑話他說：「你那錶是地攤上的便宜貨吧？說實話，幾塊錢買的？」

田尋說：「得了吧，這錶是去年剛買的，正宗的Made in Japan貨，夜光外加防水一百米，打個八折還兩千多塊呢，根本不可能壞掉，真是怪了！」

胖子說：「日本造的東西不也一樣罷工嗎？再說那小日本專門坑中國人，賣到中國的商品大多都不如本國的品質好。你看我的錶就沒事，純粹國產的上海錶……哎，這錶怎麼走這麼快？」

胖子發現自己腕上戴的「上海」牌機械錶，指標走得竟然跟上了弦似的飛快，程哥、禿頭和東子也發現自己的手錶都失靈了，東子戴的是指南針式手錶，那指南針乾脆在原地一個勁地左右亂轉，就跟上了發條似的，也不知道指的到底是南還是北。

程哥說：「不是我們的錶有問題，而是這山洞有古怪，很可能有磁場，或是輻射存在。」

田尋說：「這裡就是山洞，除了石頭，還是石頭，那輻射源又在哪兒呢？」

程哥說：「現在不好說，只能走一步看一步了。」

五個人選擇從左面的洞走，彎彎曲曲走了十多米後，遇到一根雕有兔子圖案的黑石柱，同時出現的仍然是兩個分洞口，五個人繼續朝左面洞口行進，又經過了刻有狐狸、老虎和豹子形象的石柱之後，居然又回到了那根『蛟』柱子面前，其區別是大家是從『蛟』柱左面的洞進去的，而現在則從右面的洞繞回來了，等於兜了一個大圈子。

胖子和東子一屁股坐在地上，大聲咒罵起來。尤其是東子，他說：「他媽的我可不走了！也不知道上輩子倒了什麼霉，來這種鬼地方找寶貝！」

禿頭也說：「整個就是一個大迷宮！這可怎麼辦？」

程哥也犯了難：「看來沒別的辦法，只有我們五個人分頭走了，但我們沒有通訊工具，如果都迷路了就很危險，必須想出一個比較安全的方法。」

東子說：「有什麼方法？」

田尋想了想，說：「咱們不是帶著粉筆嗎？每人都帶上一支，每經過一根石柱就在柱上畫一道線做記號，說明已經有人來過了，同時也在去過的洞口邊上畫個記號，說明這個洞口有人進了，這樣才能最大限度地保證少走彎路。」

第二十三章　魅影

東子跳起來說：「我同意。」

禿頭說：「可咱們五個人越走越分散，一旦有了危險情況怎麼辦？」

程哥說：「現在也沒有更好的法子。」

東子說：「先照這麼行動吧！要不然我們幾個在這兒待上十年也出不去。」

程哥無奈，說：「現在咱們從右邊走，看看情況再說。」

五人進了「蛟」柱右邊的洞裡，不遠處有一根刻著山羊的石柱和兩個支洞，程哥在柱上畫過記號後，讓胖子和東子向左走，另三人則向右。三人走一段路後，又發現一根「馬」柱和兩個支洞，程哥自己向左，讓禿頭和田尋往右。

又行了一段，出現一根「鹿」柱，禿頭說：「現在就剩下咱哥倆了，不知怎的我這心裡總有點發毛，心神不定的。」

田尋說：「我也有點害怕，可現下沒有退路可走，只能走一步看一步了，你去哪邊？」

禿頭看了看兩洞，說：「我往左吧，不，我往右吧！」

田尋笑了，說：「左右都一樣。」

兩人在柱上和洞口畫記號後，分頭進洞而去。

禿頭進了右洞後，一手拿槍，另一手打手電筒，慢慢地向前走著。洞裡陰冷陣陣，除了頭頂上不時滴下的水滴答答之外，沒有任何聲音，禿頭不禁打了個寒戰，心裡莫名地緊張起來。這洞彎彎曲曲，忽寬忽窄地有些難走，忽然腳下一滑，原來是踩到了一塊石頭，但也把禿頭驚出一身冷汗。

他長吁一口氣，抬袖子擦了擦腦門上的汗，就在這時，手電筒光柱照射的遠處似乎有個影子一晃，禿頭草木皆兵，連忙用手電筒四處照去，卻什麼也沒有。他暗暗咒罵自己可能是太過緊張，看花眼了。這時，前面洞深處響起一個奇異的聲音，好像有人在低聲說了句話，可又聽不太真切。禿頭知道就算有人在洞裡放聲大叫，聲波經過彎曲折射之後，也會變得聽辨不出，他想：肯定是程哥他們或是田尋，再向前走說不定就能跟他們匯合。

想到這裡，禿頭腳下加緊，快步朝前走去。這洞越走越寬，走著走著前面出現了個岔路口，禿頭猶豫不決時，其中一條路深處又傳來聲音，禿頭毫不猶豫地尋聲跑去，一路上又有幾個支路，禿頭都是順著聲音的方向找尋。

走了幾個洞口，前面豁然開朗，竟出現了一座圓形石廳。石廳地面被打磨得十分光滑，完全不像其他地方那麼坎坷不平，禿頭異常興奮，因為圓廳當中立著一根石杆，頂端點著一盞昏暗的油燈，石杆下端端正正地擺著一口巨大的棺材。

禿頭走進圓廳，借著那盞油燈的亮光可見這口棺材是石製的，奇特之處是棺材的形狀，普通棺材大多是長方形，可這口棺材竟然是人形的，腦袋圓、脖子窄、肩膀寬，整個隨著人的外輪廓而造，棺材的長度約有兩米左右，好像是為什麼人訂製的，但至少可以判斷這個人身材相當高大。棺蓋斜放在棺底上，裡面黑漆漆的什麼也看不見。

他四下看了看，圓廳周圍有好幾個分叉口，不知通向何處。禿頭壯著膽子走近棺材，用強光手電筒朝棺材裡一照，隨即失望，因為棺材裡空空如也，別說金銀財寶，連一枚銅板都沒有。他心中暗想：程哥不是說洪秀全的陵墓一百多年沒人盜過嗎？那這棺材的蓋子怎麼還是打開的？就算被人盜了，裡面總得有些屍骨殘骸，也不應該是清潔溜溜，什麼都沒有啊。

正在禿頭胡亂猜想時，忽然身後風聲颯然，他嚇得猛一回頭，卻又沒了動靜。禿頭喫嚓一聲將子彈上膛，心裡怦怦直跳，將手電筒貼在手槍上充當戰術射燈，緊張地注視自己剛經過的這個洞口，雙手都沁出了汗。這時後面又有風聲，禿頭再轉回身看，強光手電筒劃出的光柱似乎照見在一個洞口裡有黑影一動。禿頭心中害

怕，他衝那黑漆漆的洞裡大喊：「田尋，是你嗎？別他媽的和我玩了，快出來吧，快看看這裡有東西！」半晌無人回應。

禿頭心裡發毛，他知道如果是田尋或程哥他們在逗自己，也絕不可能在他呼喊之後還一言不發。他臉上的汗順著腦門流下來，慢慢喘著大氣，喃喃地道：「是我自己眼花看錯了，什麼人也沒有，什麼都沒有……」忽然左後側踩碎石的聲音傳來，他猛然回頭，只見一個影子迅捷無比地在面前閃過，他心理防線崩潰，猛地扣動扳機，向那影子跑動的方向連環射擊。

砰，砰，砰！槍口噴出的火光耀得洞裡忽明忽暗，彈殼落在地上叮噹亂響，子彈把洞壁上的石塊打得四散飛濺，再找那黑影時，卻又蹤跡皆無。禿頭額上的汗順著臉嗒嗒往下流。他不敢走動，站在原地左右轉圈，死死地盯著圓廳四周這幾個洞穴。

忽然，他感覺腦後似乎有人，回頭一看，見一個黑影不知什麼時候已經站在了他身後。禿頭大叫一聲，掉轉槍口就欲開槍，那黑影動作極快，不等禿頭抬起槍口，黑影的雙手已經牢牢扳住他的肩膀，同時身軀猛貼上來，在禿頭脖根上狠狠咬了一口。

這一口咬得十分用力，頓時鮮血直淌，禿頭大聲痛呼，感覺脖筋好像都給咬斷了，他抬腿踹那黑影的肚子，黑影身體微一晃，卻並沒有後退，再想開槍，可那黑影如影隨形，緊緊貼在自己身上，雙手被壓在身下根本抽不出來。那黑影抓著他肩頭的十根手指一齊用力，幾乎都要摳到他的肉裡了，禿頭疼得一陣眩暈，大聲呼叫。那黑影俯上來又要下嘴，忽聽「砰砰」兩聲槍響，黑影身形一晃險些栽倒，雙手也鬆開了。

緊跟著又是幾槍響起，從不同的角度打在那黑影頭上，聲音好像打進了橡膠輪胎裡，聲音發悶。那黑影無心戀戰，推開禿頭朝一個洞裡飛奔而去，轉眼就沒了蹤影。

四個人從兩個洞裡跑過來，扶起快要倒地的禿頭，正是胖子、田尋、程哥和東子他們。胖子和禿頭關係最要好，他見禿頭脖子上有兩排血跡宛然的牙印，血肉模糊，嚇得有點不知所措，忙關切地問：「老李，你怎麼了，這是誰幹的？」

禿頭用手緊緊捂著脖子的傷口，疼著嘶嘶地吸氣，說：「一個黑……黑影，不知道從哪兒冒出來的，往那邊去了……」

東子忽然問：「黑影？是不是又高又瘦，卻看不清面目五官？」

禿頭一驚，渾身發抖地說：「就是！你怎麼知道的？」

東子說：「我們先前從魔鬼宮殿的斷橋跑過去時，也有一個黑影向我襲擊，後來被我擊退了，看來還是他，操你奶奶的，要被我撞著了，非活劈了他不可！」

程哥仔細查看了禿頭的傷口，掏出急救盒說：「還好傷口不太深，也沒碰到筋骨，東子拿急救盒來，先給他清洗一下，再用紗布包上！」田尋和胖子扳住禿頭肩膀，東子先將禿頭傷口洗乾淨，程哥再將藥棉紗布給禿頭綳上，暫時止住了血。

禿頭感激地說：「幸好你們及時趕到，要不我就完了！」

胖子說：「聽到有槍聲我就往這邊跑，好在來的是時候。對了，你們探路探得怎麼樣了？」

田尋沮喪地搖搖頭：「岔路口又多又亂，我只走了四、五個洞口，就發現又兜回原地了，正在苦惱的時候聽見老李哥開槍，就順聲音過來了。」

忽然東子說：「哎，這怎麼還有個棺材啊？快看！」

程哥扶禿頭坐下，對東子和胖子說：「你們倆注意四周的動靜，小心那黑影再殺個回馬槍。」他則站在棺材前面兩米左右的地方，遠遠看著這口人形石棺，臉上現出一片驚懼之色。

程哥邊看邊問：「田尋，你去看看棺材裡有什麼東西沒有。」

田尋心想，你自己怎麼不看，非要讓我看？莫不成你知道棺材裡有毒氣是怎的？可嘴上又不好意思說，剛要上前查看，這時，坐在地上的禿頭邊喝水邊說：

第二十三章　魅影

「不用看了，那棺材裡面是空的，剛才我看過了。」

田尋哦了一聲，走近棺材一照，果然裡面什麼也沒有。

程哥不死心，又說：「你把棺材蓋挪開看看？」

田尋又把沉重的石棺蓋翻了個底兒朝上，棺材裡面清楚地顯露出空無一物。田尋說：「什麼也沒有，程哥你來看看吧。」

這時程哥才敢走過來，看了看後說：「真奇怪，這棺材怎麼可能是空的呢？」田尋心想，你這膽子也太小點了吧？連一只棺材都不敢看，還說自己有豐富的考古經驗，真是可笑。嘴上當然不能說出來。

旁邊的胖子忍不住伸腦袋看了一眼，說：「可能是被盜過吧？」

程哥搖搖頭說：「不可能。這洪秀全陵墓肯定沒有人來過。」

田尋說：「就算是被盜挖過，也不可能把這裡的屍骨也偷個一乾二淨吧？屍骨又不值錢。」

程哥說：「就是。所以說只能有兩種可能，一是這棺材根本就沒裝過人。」說到這裡卻欲言又止，似乎有所顧忌。田尋看了他一眼，知道他下面的話是什麼，胖子卻不明就裡，追問說：「那第二種可能呢？」

程哥咳嗽一聲，說：「二就是時間太長，骨頭都爛沒了。」

胖子心裡生疑，卻也沒多問。田尋知道程哥是故意找個藉口，是怕胖子聽了心裡害怕，但他自己心裡也在暗暗害怕，因為他知道這第二種可能，就是棺材裡的死人自己跑出來了。

忽然，他發現被他翻過來的棺材蓋上似乎有什麼東西，過去一看，只見棺材蓋朝裡的那面都是橫七豎八的劃痕，深淺不一，而且非常凌亂。

田尋說：「你看這是什麼？」程哥過去一看，兩人對視一眼，程哥下意識看了看禿頭，對田尋搖搖頭，示意他別說話，裝成什麼也沒看見。

田尋會意，知道他的意思是怕說出來禿頭等人會更加恐懼，因為這些劃痕很明顯是用手指硬生生在石板上摳出來的。

胖子見兩人神色神祕，忙問道：「你倆又發現什麼了？」

程哥站起來拍拍衣服，掩飾說：「哦，沒什麼，以為是陪葬品，原來是塊石頭。」

東子譏笑道：「程哥也想寶貝想眼紅了吧？我還以為這裡頭只有我最貪財呢！」

程哥對他的譏笑假裝聽不見。東子伸了個懶腰，抬頭見頭頂上滿是晶光閃爍，他邊看邊問：「你們看這上面是什麼東西，像星星似的？」

第二十三章　魅影

胖子抬手電筒一照，說：「不好說是什麼，不過以我以前搞工程的經驗來看，倒有些像是某種礦石。」

田尋說：「礦石？什麼礦石還會發晶光呢？要是能鑿下一塊來看看就好了。」

東子滿不在乎地一抬手，「砰」地一槍打在前面幾米處的頭頂，喀喇一聲，掉下一些石塊。東子走過去撿起石塊交在胖子手上，說：「這還不容易？」

胖子左右看了看手中的石塊，眼睛裡漸漸放光，說：「程哥，快來看，好像是水晶石！」

程哥走過去接過礦石，透過強光手電筒的光束仔細鑒定，臉上慢慢露出笑容，說：「是紫水晶，純天然的紫水晶！」

東子一聽說是水晶，頓時來了精神，湊過去說：「什麼紫水晶？值錢不？」

胖子欣喜地說：「當然值錢了，這種天然的紫水晶相當珍貴，而且這山洞的上面好像全是這種水晶礦石，太神奇了！」

田尋對礦石沒什麼研究，於是問道：「這山洞頂為什麼會有這麼多天然紫水晶？難道是修陵的工匠一塊一塊黏上去的？」

禿頭坐在地上正在喝水，聽田尋的話笑了，說：「你真笨，那得多浩大的工程？這地底下有一條紫水晶礦石的礦脈，修陵墓的工匠挖到這裡時，發現了這條礦

脈，於是他們就順勢而造，將礦脈底部掏空，鑿修了這個山洞。」

田尋一拍腦袋，說：「怪不得！咱們的手錶不管是機械的、還是電子的都失靈了，肯定是這礦脈惹的禍，水晶有輻射功能，這麼大一塊水晶礦脈在頭頂上，手錶當然不管用了。」其他人也都點點頭。

東子把那塊紫水晶礦石往背包裡一個勁地塞，程哥說：「你幹什麼呢？背包都快撐破了！」

東子邊塞邊說：「這麼值錢的東西當然得留下了，至少這趟活沒白來！實在不行的話，咱們乾脆就把這些紫水晶都用槍打下來得了，也能換不少錢！」

程哥說：「你快扔下它吧！這並不是我們想要的東西，如果找到了真正的財寶，這些水晶石簡直不如石頭。」東子一聽，覺得也有道理，但還是不太情願地扔掉了紫水晶礦石。

胖子說：「那咱們現在往哪邊走？這裡頭四通八達的，好像根本就沒有出路。」程哥緊鎖眉頭，也是無計可施。

田尋說：「現在這裡不太安全，我們不能再分開走了，只能是一起探路，遇到岔路就在路口做記號，什麼時候把這迷宮都走個遍，也就有結果了。」

其他四人都點點頭，胖子解下禿頭的背包自己背上，田尋和東子架起禿頭，程

第二十三章　魅影

哥在前面，胖子斷後，一行五人避開那黑影逃走的路線，朝另一方向走去。經過了幾個路口，一路之上又看見很多黑石柱，上面的圖案也不盡相同，有烏鴉、猴子、豬，還有蝙蝠、老鼠和狼等等。走了一會兒，五個人坐在一根刻著獐子的柱下休息。

胖子邊喘氣邊說：「我不怕幹活，最怕走路，走多了這心……心裡頭就發慌，不舒服。」

東子譏笑說：「你那是太胖了心臟不好，快減減肥吧。」

胖子說：「減什麼肥？這叫心寬體胖，你懂個屁！」

程哥看著柱子上的獐子，說：「現在我們碰到多少根柱子了？」

胖子說沒記住，田尋說：「一共是二十一根柱子，每根柱上的圖案都不相同。」

胖子拍拍田尋肩膀說：「行啊，老田，記憶力不錯嘛。」

田尋說：「我記憶力一般，只不過我把手錶的日曆調成一號，每經過一根柱子就按一下，現在手錶日曆顯示的是二十一號，當然是二十一根柱子了。」

程哥說：「你心還挺細的，和我計算的一樣，有什麼發現嗎？」

田尋說：「這些柱子上的圖案都不一樣，但都是動物，沒有人物，而且有一個

最重要的，就是這些動物裡沒有貓，也沒有獅子，這就說明問題了。」

東子說：「沒有貓和獅子，那又怎麼了？」

田尋說：「貓和獅子都是西方的動物，從唐宋之後才漸漸傳入中國，遠古的中國是沒有這些動物形象的。」

胖子說：「那又能證明什麼問題？」

田尋說：「你們還沒看出來嗎？這些柱子的圖案就是二十八星宿圖啊！」

＊「十字寶殿帝中央，雨雷風雲電為王；正反五行升天道，雪下金龍小天堂」。在古墓中遭遇到了詭祕怪事的這五人，能否在這驚險離奇的過程中，順利逃出生天？發現更多不為人知的天國寶物？更多精采內容，敬請繼續閱讀《國家寶藏2》。

國家寶藏
壹

國家寶藏 1 天國謎墓

作　　者	瀋陽唐伯虎
發 行 人	林敬彬
主　　編	楊安瑜
編　　輯	蔡穎如
校　　對	王淑如
內頁編排	帛格有限公司
封面設計	玉馬門創意設計
出　　版	大旗出版社　行政院新聞局北市業字第1688號
發　　行	大都會文化事業有限公司
	110台北市信義區基隆路一段432號4樓之9
	讀者服務專線：(02)27235216
	讀者服務傳真：(02)27235220
	電子郵件信箱：metro@ms21.hinet.net
	網　　　址：www.metrobook.com.tw
郵政劃撥	14050529 大都會文化事業有限公司
出版日期	2009年7月初版一刷
定　　價	199元
I S B N	978-957-8219- 86-1
書　　號	Story-03

4F-9, Double Hero Bldg., 432, Keelung Rd., Sec. 1, Taipei 110, Taiwan
Tel:+886-2-2723-5216　Fax:+886-2-2723-5220
E-mail:metro@ms21.hinet.net
Web-site:www.metrobook.com.tw

國家圖書館出版品預行編目資料

國家寶藏1天國謎墓／瀋陽唐伯虎著.
-- 初版. -- 臺北市：
大旗出版社：大都會文化發行, 2009. 7
冊； 公分. -- （Story；3）

ISBN 978-957-8219-86-1（第1冊：平裝）

857.7　　98010329

大都會文化　讀者服務卡

書名：國家寶藏之天國謎墓

謝謝您選擇了這本書！期待您的支持與建議，讓我們能有更多聯繫與互動的機會。

A. 您在何時購得本書：______年______月______日

B. 您在何處購得本書：____________書店，位於____________(市、縣)

C. 您從哪裡得知本書的消息：

1.□書店　2.□報章雜誌　3.□電台活動　4.□網路資訊

5.□書籤宣傳品等　6.□親友介紹　7.□書評　8.□其他

D. 您購買本書的動機：（可複選）

1.□對主題或內容感興趣　2.□工作需要　3.□生活需要

4.□自我進修　5.□內容為流行熱門話題　6.□其他

E. 您最喜歡本書的：（可複選）

1.□內容題材　2.□字體大小　3.□翻譯文筆　4.□封面　5.□編排方式　6.□其他

F. 您認為本書的封面：1.□非常出色　2.□普通　3.□毫不起眼　4.□其他

G. 您認為本書的編排：1.□非常出色　2.□普通　3.□毫不起眼　4.□其他

H. 您通常以哪些方式購書：(可複選)

1.□逛書店　2.□書展　3.□劃撥郵購　4.□團體訂購　5.□網路購書　6.□其他

I. 您希望我們出版哪類書籍：（可複選）

1.□旅遊　2.□流行文化　3.□生活休閒　4.□美容保養　5.□散文小品

6.□科學新知　7.□藝術音樂　8.□致富理財　9.□工商企管　10.□科幻推理

11.□史哲類　12.□勵志傳記　13.□電影小說　14.□語言學習（_____語）

15.□幽默諧趣　16.□其他

J. 您對本書(系)的建議：

K. 您對本出版社的建議：

讀者小檔案

姓名：______________ 性別：□男　□女　生日：____年____月____日

年齡：□20歲以下 □21～30歲 □31～40歲 □41～50歲 □51歲以上

職業：1.□學生 2.□軍公教 3.□大眾傳播 4.□服務業 5.□金融業 6.□製造業
7.□資訊業 8.□自由業 9.□家管 10.□退休 11.□其他

學歷：□國小或以下 □國中 □高中／高職 □大學／大專 □研究所以上

通訊地址：

電話：（H）______________（O）______________ 傳真：______________

行動電話：______________ E-Mail：______________

◎謝謝您購買本書，也歡迎您加入我們的會員，請上大都會文化網站 www.metrobook.com.tw 登錄您的資料。您將不定期收到最新圖書優惠資訊和電子報。

國家寶藏 壹 天國謎墓

北區郵政管理局
登記證北台字第9125號
免貼郵票

大都會文化事業有限公司

讀者服務部 收

110台北市基隆路一段432號4樓之9

寄回這張服務卡〔免貼郵票〕
您可以：
◎不定期收到最新出版訊息
◎參加各項回饋優惠活動

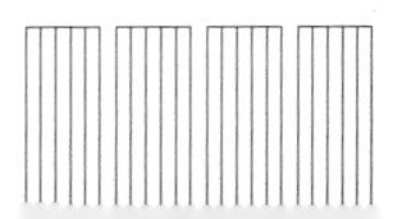